Fjodr Dostojewski

Drei Novellen

Übersetzt von Alexander Eliasberg

Weiße Nächte
(1848)

Ein schwaches Herz
(1848)

Christbaum und Hochzeit
(1848)

„Dostojewskis Figuren drängen mit der Wucht und Komplexität ihres Gefühlslebens auf den Leser ein, dass ihm der Kopf schwirrt. Seien es die Liebenden bei „Weiße Nächte“ oder die beiden Freunde bei „Ein schwaches Herz“. „Christbaum und Hochzeit“ dagegen trägt im Schwerpunkt gesellschaftskritische Standpunkte vor.“ *Redaktion Gröls-Verlag* (Edition I Werke der Weltliteratur)

Redaktionelle Hinweise und Impressum

Das vorliegende Werk wurde zugunsten der Authentizität sehr zurückhaltend bearbeitet. So wurden etwa ursprüngliche Rechtschreibfehler regelmäßig *nicht* behoben, denn kleine Unvollkommenheiten machen das Buch – wie im Übrigen den Menschen – erst authentisch. Mitunter wurden jedoch zum Beispiel Absätze behutsam neu getrennt, um den Lesefluss zu erleichtern.

Wir sind bemüht, ein ansprechendes Produkt zu gestalten, welches angemessenen Ansprüchen an das Preis/Leistungsverhältnis und vernünftigen Qualitätserwartungen gerecht wird. Um die Texte zu rekonstruieren, werden antiquarische Bücher von leistungsfähigen Lesegeräten gescannt und dann durch eine Software lesbar gemacht. Der so entstandene Text wird von Menschen gegen eine Aufwandsentschädigung gegengelesen und korrigiert – Hierbei können gelegentlich Fehler auftreten. Wenn Sie ebenfalls antiquarische Texte einreichen möchten, wenden Sie sich für weitere Informationen gerne an

www.groels.de

Informieren Sie sich dort auch gerne über die anderen Werke aus unserer

Edition | Bedeutende Werke der Weltliteratur

Sie werden es mit 99,030 %iger Wahrscheinlichkeit nicht bereuen.

Die Deutsche Nationalbibliothek verzeichnet dieses Werk in der Deutschen Nationalbibliografie.

Verleger: Marcel Hermann-Josef Gröls, Poelchaukamp 20, 22301 Hamburg.
Externer Dienstleister für Distribution und Herstellung: BoD, In de Tarpen 42, 22848 Norderstedt

Inhaltsverzeichnis

Weiße Nächte

Ein empfindsamer Roman
(Aus den Erinnerungen eines Träumers)
Die erste Nacht

Es war eine wunderbare Nacht, eine von den Nächten, die wir nur erleben, solange wir jung sind, freundlicher Leser. Der Himmel war so sternenreich, so heiter, daß man sich bei seinem Anblick unwillkürlich fragen mußte: können denn unter einem solchen Himmel überhaupt irgendwelche böse oder mürrische Menschen leben? So fragt man nur, wenn man jung ist, freundlicher Leser, wenn man sehr jung ist; doch möge der Herr Ihnen solche Fragen öfter eingeben ... Da ich gerade von allerlei mürrischen und bösen Herrschaften spreche, muß ich an mein musterhaftes Betragen während des ganzen heutigen Tages denken. Schon vom frühen Morgen an quälte mich ein seltsames Unlustgefühl. Es war mir plötzlich, als ob ich, Einsamer, von allen verlassen sei und als ob sich alle von mir lossagten. Nun kann man mich allerdings fragen: wer sind diese "Alle"? Denn ich lebe schon seit acht Jahren in Petersburg und habe es bis heute nicht verstanden, Bekanntschaften zu machen. Wozu brauche ich auch Bekanntschaften? Ich kenne auch so ganz Petersburg; darum hatte ich auch das Gefühl, von allen verlassen zu sein, als ganz Petersburg aufbrach und in die Sommerfrischen zog.

Es war mir so schrecklich, allein zu bleiben, und darum irrte ich ganze drei Tage in der Stadt umher, von einem starken Unlustgefühl bedrückt und ohne zu begreifen, was mit mir vorging. Gehe ich auf den Newskij-Prospekt oder in einen Park, oder irre ich an den Kais entlang, – nirgends treffe ich auch nur ein Gesicht von denen, die ich gewohnt war, das ganze Jahr hindurch an einer bestimmten Stelle zu einer bestimmten Stunde zu sehen. Alle die Leute kennen mich natürlich nicht, aber ich kenne sie. Ich kenne sie ganz genau, ich habe ihre Gesichter studiert, – und ich habe mein Vergnügen an ihnen, wenn sie vergnügt, und bin verstimmt, wenn sie mißvergnügt sind. Mit einem alten Männchen, dem ich jeden lieben Tag zu derselben Stunde an der Fontanka zu begegnen pflegte, bin ich beinahe befreundet. Er hat ein so ernstes, nachdenkliches Gesicht, murmelt sich immer etwas in den Bart, schwenkt den linken Arm hin und her und trägt in der rechten Hand einen Knotenstock mit goldenem Knopf. Auch er kennt mich bereits und nimmt an mir großen Anteil. Ich bin überzeugt, daß er sehr verstimmt sein wird, wenn ich zur bestimmten Stunde an einer bestimmten Stelle der Fontanka nicht erscheine. Darum sind wir nahe daran, einander zu grüßen; besonders, wenn wir beide gut aufgelegt sind. Als wir uns neulich ganze zwei Tage nicht gesehen hatten und uns am dritten Tage wieder trafen, griff ein jeder von uns nach seinem Hute; wir beherrschten uns aber noch zur rechten Zeit, ließen die Hände sinken und gingen mit teilnahmsvollen Blicken aneinander vorbei. – Auch unter den Häusern habe ich Bekannte.

Wenn ich eine Straße entlang gehe, so eilt mir jedes Haus gleichsam etwas entgegen, blickt mich mit allen seinen Fenstern an und spricht: "Guten Tag! Wie geht es Ihnen? Mir geht es, Gottlob, recht gut, und im Mai bekomme ich ein neues Stockwerk." Oder: "Wie ist Ihr Befinden? Was mich betrifft, so komme ich morgen in Reparatur!" Oder: "Ich wäre neulich um ein Haar verbrannt und bin mit ordentlichem Schrecken davongekommen" usw. Ich habe unter ihnen meine Lieblinge und gute Freunde; eines von ihnen hat die Absicht, sich diesen Sommer einer Kur bei einem Architekten zu unterziehen. Ich habe mir vorgenommen, es jeden Tag zu besuchen: daß man es mir, Gott behüte, nicht zu Tode kuriert! ... Doch niemals vergesse ich die Geschichte mit einem reizenden hellrosa Häuschen.

Es war ein so liebes steinernes Häuschen, es lächelte mich immer so freundlich an und blickte so stolz auf seine plumpen Nachbarn, daß sich mir jedesmal, wenn ich vorbeiging, das Herz im Leibe freute. Doch wie ich in der vorigen Woche vorbeigehe und meinen Freund anschaue, höre ich plötzlich seinen Jammerschrei: "Man streicht mich gelb an!" Diese Bösewichter! Barbaren! Nichts haben sie verschont: weder die Säulen, noch die Gesimse, und mein Freund wurde gelb wie ein Kanarienvogel. Mir lief vor Erregung beinahe die Galle über, und ich bringe es auch heute noch nicht übers Herz, meinen verunstalteten armen Freund aufzusuchen, den man in der Farbe des Reiches der Mitte angemalt hat.

Nun verstehen Sie wohl, freundlicher Leser, auf welche Weise ich ganz Petersburg kenne.

Wie ich schon sagte, verzehrte ich mich drei Tage in Unruhe, bis ich endlich ihren Grund erriet. Auf der Straße war es mir ganz trüb zumute (dieser fehlt, jener fehlt, und wo ist der und der hingeraten?), und auch zu Hause war es mir unbehaglich. Zwei Abende suchte ich zu erraten: was fehlt mir in meinem Winkel? Warum ist es mir zu Hause so unbehaglich? Und ich betrachtete forschend meine grünen verrauchten Wände, die mit Spinngewebe, welches meine Matrjona mit großem Erfolg züchtete, behangene Decke, musterte alle Möbel, untersuchte jeden Stuhl und suchte dem Übel auf die Spur zu kommen; wenn bei mir nämlich auch nur ein Stuhl anders steht, als er gestern stand, bin ich ganz außer mir; ich schaute auch zum Fenster hinaus, doch alles war umsonst und brachte mir auch nicht die geringste Erleichterung! Ich entschloß mich sogar, Matrjona herbeizurufen und richtete an sie bei dieser Gelegenheit eine väterliche Ermahnung wegen des Spinngewebes und der sonstigen Unordnung; sie sah mich aber nur erstaunt an und ging, ohne auch nur ein Wort zu entgegnen, wieder fort, so daß das Spinngewebe auch heute noch an seinem Platz hängt.

Und erst heute früh kam ich endlich der Sache auf den Grund. Ach so! Sie brennen mir ja alle durch und ziehen aufs Land! Verzeihen Sie den trivialen Ausdruck, doch es war mir in diesem Augenblick wirklich nicht um die Schönheit des Stiles zu tun: denn alles, was es in Petersburg gab, war bereits in die Sommerfrische gezogen, oder war gerade im Begriff, es zu tun; denn ich mußte jeden soliden Herrn, der eine Droschke mietete, für einen ehrwürdigen Familienvater halten, der soeben sein Tageswerk erledigt hat und sich mit leichtem Herzen aufs Land, in den Schoß seiner Familie begibt; denn jeder Mensch, der mir begegnete, hatte ein ganz besonderes Aussehen und schien jedem andern Passanten zuzurufen: "Wir sind nur so vorübergehend hier, meine Herren, doch in zwei Stunden ziehen wir aufs Land." Wenn irgendwo ein Fenster aufging, auf dem vorher zwei feine, zuckerweiße Finger getrommelt hatten, und ein hübsches junges Mädchen den Kopf aus dem Fenster hinaussteckte und einen Straßenhändler, der Blumen feilbot, heranrief, so stellte ich mir gleich vor, daß sie diese Blumen ganz ohne Zweck kaufte, das heißt gar nicht um sich in der dumpfen Stadtwohnung an ihnen und am Frühling zu ergötzen, und daß die ganze Familie sehr bald aufs Land ziehen und die Blumentöpfe mitnehmen würde. Und noch mehr als das: ich hatte auf diesem neuen und besondern Entdeckungsgebiet bereits solche Erfolge gemacht, daß ich nach dem bloßen Aussehen eines Menschen fehlerlos bestimmen konnte, in welcher Sommerfrische er wohnt. Die Bewohner der Stein- und der Apothekerinsel oder der Peterhofer Landstraße zeichnen sich durch anerzogene gute Manieren, elegante Sommerkleidung und schöne Equipagen aus, in denen sie in die Stadt hineinfahren. Die Bewohner von Pargolowo und der dahinterliegenden Gebiete imponieren gleich beim ersten Blick durch ihr solides und kluges Aussehen; die Sommergäste der Krestowskij-Insel fallen durch ihre unerschütterlich gute Stimmung auf.

Wenn ich einer langen Prozession mit Bergen von Möbelstücken aller Art, Tischen, Stühlen, türkischen und nichttürkischen Diwans und sonstigen Einrichtungsgegenständen beladener Fuhrwerke begegnete, auf deren Gipfel oft auch noch eine schwächliche Köchin, das Gut ihrer Herrschaft wie ihren Augapfel bewachend, thronte, während die Fuhrleute, mit den Zügeln in der Hand, träge neben den Wagen einherschritten; oder wenn ich mit schwerem Hausrat beladene Kähne die Newa oder die Fontanka in der Richtung zum Schwarzen Bach oder zu den Inseln hinabgleiten sah, so verzehnfachten sich die Fuhrwerke und die Kähne in meinen Augen; es schien mir, daß alles sich aufmachte und in ganzen Karawanen aufs Land übersiedelte; es schien mir, daß ganz Petersburg sich in eine Wüste zu verwandeln drohte. Schließlich fühlte ich mich beschämt, beleidigt und traurig, weil ich nicht wußte, wohin und wozu ich aufs Land ziehen sollte. Ich wäre bereit, mit jedem Möbelwagen mitzulaufen, mich jedem Herrn, der eine Droschke mietete, anzuschließen; doch niemand, wirklich niemand forderte mich dazu auf; es war, als ob sie mich vergessen hätten, als ob ich ihnen wirklich ganz fremd wäre!

Ich irrte so viel und so lange umher, bis ich, wie es mir oft passierte, vergaß, wo ich mich befand; und plötzlich war ich bei der Stadtgrenze angelangt. Augenblicklich wurde es mir lustig zumute; ich passierte den Schlagbaum, schritt zwischen bestellten Äckern und Wiesen vorwärts, spürte keine Müdigkeit und fühlte mit meinem ganzen Wesen, wie eine schwere Last mir vom Herzen fiel. Alle Leute, die vorüberfuhren, warfen mir freundliche Blicke zu und waren nahe daran, mich zu grüßen; und alle ohne Ausnahme rauchten Zigarren. Und ich war so lustig, wie noch nie. Es war mir, als ob ich plötzlich nach Italien geraten wäre: einen solchen Eindruck machte auf mich, den halbkranken Stadtbewohner, der in den Stadtmauern beinahe erstickt war, die Natur.

Es liegt etwas unbeschreiblich Rührendes in unserer Petersburger Natur, wenn sie bei Frühlingsbeginn ihre ganze Macht und alle ihr vom Himmel verliehenen Kräfte offenbart, sich putzt und mit Laub und Blüten schmückt ... Ich muß jedesmal an das kranke, schwindsüchtige Mädchen denken, das Sie mit Bedauern und auch mit einer eigentümlichen mitleidigen Liebe anblicken und zuweilen überhaupt nicht bemerken, und das plötzlich, für nur einen Augenblick ganz unerwartet in unbeschreiblicher Schönheit erstrahlt, während Sie sich erstaunt und berauscht fragen: Welche Kraft hat in diesen traurigen, nachdenklichen Augen solches Feuer entzündet? Was hat ihr das Blut in die blassen, eingefallenen Wangen getrieben? Was hat die zarten Gesichtszüge mit Leidenschaft übergossen? Warum wogt diese Brust? Was hat im Gesicht des armen Mädchens Kraft, Leben und Schönheit geweckt und es mit diesem Lächeln belebt? Woher kommt dieses sprudelnde, zündende Lachen? Sie schauen sich um, Sie suchen, Sie raten ... Doch der Augenblick ist schon vorbei, und Sie sehen vielleicht schon morgen den nachdenklichen, zerstreuten Blick von vorhin, dasselbe bleiche Antlitz, die gleiche Ergebenheit und Schüchternheit der Bewegungen und sogar etwas wie lähmenden Unmut und Reue ob des flüchtigen Aufschwunges von vorhin ... Und es tut Ihnen leid, daß die plötzliche Schönheit so schnell, so unwiederbringlich verwelkt ist, daß sie so trügerisch und vergebens vor Ihrem Blick gestrahlt hat; es tut Ihnen leid, weil Sie nicht einmal Zeit gehabt, sich in sie zu verlieben ...

Und doch war meine Nacht noch schöner als der Tag! Und das kam so: Ich kehrte sehr spät in die Stadt zurück, und als ich mich meiner Wohnung näherte, schlug es schon zehn Uhr. Ich ging den Kanal entlang, wo man um diese Stunde gewöhnlich keinem Menschen begegnet. Ich wohne allerdings in einem entlegenen Stadtteile. Ich ging und sang, denn wenn ich mich glücklich fühle, summe ich immer irgend etwas vor mich hin, wie es auch jeder glückliche Mensch tut, der weder Freunde, noch gute Bekannte, noch sonst jemanden hat, mit dem er seine Freude teilen könnte. Und plötzlich hatte ich ein ganz unerwartetes Abenteuer.

Etwas abseits, an das Geländer des Kanals gelehnt, stand ein weibliches Wesen, das sehr aufmerksam in das trübe Wasser des Kanals hinabzuschauen schien. Es trug ein reizendes gelbes Hütchen und eine kokette schwarze Mantille. "Es ist wohl ein junges Mädchen," sagte ich mir, "und zweifellos eine Brünette." Sie hatte meine Schritte wohl nicht gehört und rührte sich gar nicht, als ich mit verhaltenem Atem und pochendem Herzen an ihr vorüberging. "Seltsam!" dachte ich mir: "Sie ist wohl ganz mit einem Gedanken beschäftigt." Und plötzlich blieb ich wie angewurzelt stehen. Ich hörte ein dumpfes Schluchzen. Ja, ich irrte mich nicht: das Mädchen weinte wirklich, und nach einem Augenblick hörte ich sie wieder aufschluchzen! Mein Herz krampfte sich zusammen. Sonst bin ich ja Damen gegenüber sehr schüchtern, doch das war ja ein ganz besonderer Fall! ... Ich kehrte um, ging auf sie zu und würde wohl sicher "Madame!" gesagt haben, wenn ich nicht gewußt hätte, daß diese Anrede in den russischen Gesellschaftsromanen schon tausendmal gebraucht worden ist. Dies allein hielt mich davon ab. Doch während ich nach einem andern Worte suchte, kam das Mädchen zur Besinnung, sah sich um, senkte den Blick, huschte an mir vorbei und ging den Kai entlang. Ich folgte ihr, doch sie merkte das und ging vom Kai auf die andere Straßenseite hinüber. Ich wagte nicht, ihr auf das Trottoir zu folgen. Mein Herz schlug so heftig wie bei einem gefangenen Vogel. Ein Zufall kam mir ganz unerwartet zu Hilfe.

Auf der andern Straßenseite tauchte plötzlich neben meiner Unbekannten ein Herr im Frack auf; er schien in soliden Jahren zu sein, doch seine Haltung war nichts weniger als solid. Er wankte hin und her und tastete sich vorsichtig an den Mauern entlang. Das Mädchen ging aber gerade wie ein Pfeil aus dem Bogen, eilig und zugleich etwas unsicher, wie alle jungen Mädchen gehen, die nicht wollen, daß jemand sie nachts auf dem Nachhausewege anspreche und ihnen seine Begleitung anbiete. Der wankende Herr würde sie auch niemals eingeholt haben, wenn ihm das Schicksal nicht den Rat eingegeben hätte, eine andere Taktik zu wählen. Ganz unvermittelt begann er plötzlich, was ihn nur die Beine trugen, zu rennen. Sie lief wie der Wind, doch der wankende Herr kam immer näher, holte sie schließlich ein, das Mädchen schrie auf und – ich segne das Schicksal für den vortrefflichen Knotenstock, den ich zufällig in der Hand hatte! Im Augenblick war ich auf der andern Straßenseite, im Augenblick erfaßte der ungebetene Begleiter die Sachlage, begriff meine unwiderlegbaren Argumente, schwieg und blieb zurück; erst als uns eine größere Strecke von ihm trennte, begann er in recht energischen Ausdrücken gegen mich zu protestieren. Doch wir hörten kaum seine Worte.

"Geben Sie mir Ihren Arm," sagte ich meiner Unbekannten, "und er wird sich nicht mehr unterstehen, Sie zu belästigen."

Sie reichte mir stumm ihren Arm, der noch vor Aufregung und Schreck zitterte. O ungebetener Herr! Wie dankte ich dir in diesem Augenblick! Ich streifte sie mit einem Blick: sie war sehr hübsch und brünett – ich hatte also richtig geraten. Auf ihren schwarzen Wimpern glänzten noch die Tränen des eben ausgestandenen Schreckens, oder vielleicht auch eines früheren Kummers; ich weiß es nicht. Doch auf ihren Lippen spielte bereits ein Lächeln. Auch sie streifte mich mit einem heimlichen Blick, errötete etwas und wurde verlegen.

"Nun sehen Sie es: warum haben Sie mich vorhin abgewiesen? Wäre ich gleich an Ihrer Seite, so wäre nichts geschehen ..."

"Aber ich kannte Sie nicht; ich glaubte, daß auch Sie ..."

"Kennen Sie mich denn jetzt?" "Ein wenig ... Warum zittern Sie jetzt so?"

"O, Sie haben mich gleich beim ersten Blick erkannt!" antwortete ich, ganz entzückt darüber, daß das Mädchen auch klug war; auch einem schönen Mädchen kann Klugheit niemals schaden. "Sie errieten ja gleich auf den ersten Blick, mit wem Sie es zu tun haben. Es ist wahr, wenn ich vor einer Frau stehe, bin ich stets schüchtern und, ich gebe es zu, nicht weniger aufgeregt, als Sie es vorhin waren, wie jener Herr Sie so erschreckte ... Jetzt bin ich erschrocken. Es ist mir, als ob alles ein Traum wäre; ich habe mir aber auch im Traume niemals vorgestellt, daß ich imstande wäre, mit irgendeinem weiblichen Wesen zu sprechen ..."

"Wieso? Ist es wirklich wahr?"

"Ja. Wenn mein Arm zittert, so kommt es nur daher, weil er noch niemals von einer so hübschen kleinen Hand umfaßt wurde, wie von der Ihrigen. Ich habe gänzlich verlernt, mit Damen zu sprechen. Das heißt: ich habe es auch niemals gekonnt. Ich bin ja ganz einsam ... Ich weiß sogar nicht, wie ich zu Ihnen sprechen soll. Ich weiß im Augenblick auch nicht, ob ich nicht soeben eine Dummheit gesagt habe? Sagen Sie es mir, bitte, geradeaus: ich bin nicht im mindesten empfindlich ..."

"Nein, nein, ganz im Gegenteil. Und wenn Sie schon verlangen, daß ich aufrichtig sprechen soll, so will ich Ihnen sagen, daß uns Frauen diese Schüchternheit gut gefällt. Und wenn Sie noch mehr wissen wollen: sie gefällt auch mir, und ich will Sie nicht von mir jagen, bis ich vor meinem Hause angelangt bin."

"Sie werden damit erreichen," begann ich, vor Entzücken kaum atmend, "daß ich meine Schüchternheit aufgebe und somit auch meine einzige Waffe aus der Hand lege ..."

"Waffe? Was für eine Waffe und zu welchem Zweck? Das gefällt mir schon gar nicht."

"Verzeihen Sie! Ich tu's nicht wieder, es kam mir so ganz unwillkürlich von den Lippen. Wie können Sie auch erwarten, daß ich in einem solchen Augenblick gar keinen Wunsch habe ..."

"Den Wunsch, mir zu gefallen, nicht wahr?"

"Ja, ja ... Seien Sie doch um Himmels willen gut zu mir! Vergessen Sie nicht, mit wem Sie es zu tun haben: ich bin ja schon sechsundzwanzig Jahre alt und habe noch gar keine Bekanntschaften. Wie kann ich da vernünftig, gewandt und klug sprechen? Es ist auch für Sie vorteilhafter, wenn ich ganz offen spreche ... Ich kann nicht schweigen, wenn mein Herz aus mir spricht. Nun, es ist ja gleich ... Glauben Sie mir: ich hatte noch niemals eine Frau in meiner Nähe, niemals, niemals ... Keine einzige Bekanntschaft! Und ich sehnte mich tagtäglich nur danach, endlich einmal jemandem zu begegnen. O, wenn Sie wüßten, wie oft ich schon auf diese Weise verliebt gewesen bin! ..."

"Wieso? ... Und in wen?"

"In niemand bestimmten, in ein Ideal, in die, die ich gerade im Traum sah. In meinen Gedanken spinne ich ganze Romane aus ... O, Sie kennen mich noch nicht! Natürlich habe ich ja auch zwei oder drei Frauen gekannt: wie wäre es auch anders möglich! Doch was waren das für Frauen? Lauter sogenannte gute Hausfrauen ... Sie werden sicher lachen: ich will Ihnen gestehen, daß mir schon einigemal der Gedanke kam, irgendeine aristokratische Dame auf der Straße, natürlich wenn sie allein ist, anzusprechen, selbstverständlich ganz nüchtern, ehrerbietig und leidenschaftlich; ihr zu sagen, daß ich in meiner Einsamkeit zugrunde gehe, daß sie mich nicht von sich jagen solle, daß ich kein anderes Mittel wüßte, ein weibliches Wesen kennen zu lernen; sie davon zu überzeugen, daß es auch ihre Pflicht als Frau sei, dem schüchternen Flehen eines so unglücklichen Menschen wie ich Gehör zu leihen, und daß ich von ihr nichts mehr verlange, als daß sie mir zwei oder drei schwesterlich mitfühlende Worte sage, mich nicht gleich beim ersten Schritt abweise, mir unbedingten Glauben schenke, mich anhöre, – wenn sie will, kann sie ja über mich auch ein wenig lachen, – daß sie mich ermutige und mir zwei Worte, nur zwei Worte sage; dann – können wir ja auch für immer aus einandergehen! ... Doch Sie lachen ... Ich spreche ja, übrigens, auch nur dazu ..."

"Seien Sie mir nicht böse! Ich lache nur darüber, daß Sie sich selbst unbedingt schaden wollen; denn hätten Sie den Versuch, von dem Sie eben sprachen, gemacht, so wäre er Ihnen sicher gelungen, selbst wenn Sie ihn wirklich auf der Straße unternommen hätten; je einfacher, desto besser ... Keine einzige Frau, – wenn sie nur nicht schlecht oder dumm ist, oder sich im Augenblick über etwas ärgert, – brächte es übers Herz, Sie ohne die zwei oder drei Worte, um die Sie so demütig flehen, gehen zu lassen ... Was spreche ich übrigens? Natürlich würde Sie eine jede für verrückt halten. Ich sprach ja eben nur von mir selbst. Denn ich weiß, was das Leben bedeutet."

"Haben Sie Dank!" rief ich aus: "Sie wissen selbst nicht, was Sie für mich getan haben!"

"Gut, gut. Doch sagen Sie mir, wieso Sie es erkannt haben, daß ich eine Frau bin, mit der Sie ... nun, die Sie Ihrer Aufmerksamkeit und Freundschaft für würdig halten? ... Kurz – daß ich keine Hausfrau bin, wie Sie es nennen. Warum entschlossen Sie sich, mich anzusprechen?"

"Warum? Warum? Sie waren ja allein, jener Herr erlaubte sich zu viel, und dann ist es Nacht: Sie werden doch zugeben, daß es meine Pflicht war ..."

"Nein, nicht das meine ich: noch früher, auf der andern Straßenseite wollten Sie mich doch auch schon ansprechen, nicht wahr?"

"Auf der andern Straßenseite? Ich weiß wirklich nicht, was ich Ihnen darauf sagen soll; ich habe solche Angst ... Wissen Sie: ich fühlte mich heute so glücklich, ich bin draußen vor der Stadt gewesen und habe im Gehen gesungen; ich habe noch nie so glückliche Augenblicke erlebt! Und Sie ... vielleicht schien es mir nur so ... Verzeihen Sie, wenn ich Sie daran erinnere: es schien mir, daß Sie weinten, und ich ... ich konnte es nicht anhören ... das Herz tat mir weh ... Mein Gott! Durfte ich Sie denn nicht bedauern? War es denn Sünde, mit Ihnen brüderliches Mitleid zu fühlen? ... Entschuldigen Sie: ich sagte eben Mitleid ...

Nun, mit einem Worte, wäre es denn für Sie beleidigend, wenn es mir einfiele, Sie anzusprechen?"

"Lassen Sie es ... Genug ... Sprechen Sie nicht weiter ...," sagte das Mädchen verlegen und preßte meinen Arm fester zusammen. "Ich bin selbst schuld, denn ich habe das Gespräch darauf gebracht. Doch es freut mich, daß ich mich in Ihnen nicht getäuscht habe ... Ich bin übrigens gleich zu Hause: ich muß in diese Seitengasse, es sind nur noch einige Schritte ... Leben Sie wohl, ich danke Ihnen ..."

"Werden wir uns denn niemals, niemals wiedersehen? ... Wird denn alles mit diesem einen Gespräch enden?"

"Nun sehen Sie selbst!" sagte das Mädchen lachend: "Anfangs wollten Sie nur zwei Worte, und jetzt ... Ich will Ihnen übrigens keine Vorwürfe machen ...Vielleicht sehen wir uns auch noch einmal wieder ..."

"Ich komme morgen wieder her," sagte ich. "Verzeihen Sie: jetzt verlange ich es von Ihnen ..."

"Sie sind wirklich ungeduldig: nun kommen Sie gar mit Forderungen ..."

"Hören Sie, hören Sie!" unterbrach ich sie, "verzeihen Sie, wenn ich Ihnen wieder irgend so etwas sage ... Doch es ist mir unmöglich, morgen nicht herzukommen. Ich bin ein Träumer: ich habe so wenig vom wirklichen Leben, und Augenblicke, wie die eben erlebten, sind für mich etwas so Seltenes, daß ich sie in meinen Träumen und Gedanken immer von neuem durchkosten muß. Ich werde diese ganze Nacht an Sie denken, eine ganze Woche, ein ganzes Jahr. Ich komme morgen unbedingt wieder her, und gerade auf diese selbe Stelle und zu dieser selben Stunde, und ich werde glücklich sein, wenn ich in meiner Erinnerung alles noch einmal erleben werde. Diese Stelle habe ich bereits liebgewonnen. Ich habe bereits zwei oder drei ähnliche Stellen in Petersburg. Einmal, als mich eine Erinnerung ergriff, mußte ich sogar weinen, wie Sie vorhin ... Wer weiß, vielleicht weinten Sie vor zehn Minuten, weil auch Sie sich an etwas erinnerten ... Doch verzeihen Sie: ich habe mich vergessen; es ist ja auch möglich, daß Sie an dieser Stelle einmal besonders glücklich waren ..."

"Es ist gut," sagte das Mädchen: "auch ich werde vielleicht morgen abends, gegen zehn Uhr herkommen. Ich sehe schon, daß ich es Ihnen gar nicht versagen kann ... Ich muß nämlich morgen hier sein! Denken Sie nur nicht, daß ich Ihnen ein Stelldichein gebe: ich sage Ihnen darum in vorhinein, daß ich meiner selbst wegen herkommen muß. Doch ... ich will es Ihnen lieber ganz offen sagen: ich habe nichts dagegen, wenn auch Sie herkommen; erstens könnte mir wieder irgendeine Unannehmlichkeit wie heute zustoßen, doch das ist gleichgültig ... Kurz und gut: ich will Sie einfach wiedersehen, um Ihnen einige Worte zu sagen. Sie mißverstehen mich doch nicht? Glauben Sie nur nicht, daß ich so leicht jemandem ein Stelldichein gewähre ... Ich täte es auch jetzt nicht, wenn ... Das soll aber mein Geheimnis bleiben! Doch zuvor eine Bedingung ..."

"Eine Bedingung! Sprechen Sie doch, sagen Sie mir alles: ich bin mit allem einverstanden, zu allem bereit!" rief ich entzückt aus. "Ich stehe für mich ein: ich will bescheiden und ehrerbietig sein ... Sie kennen mich ja ..."

"Eben weil ich Sie kenne, fordere ich Sie auf, morgen herzukommen," sagte das Mädchen lächelnd. "Ich kenne Sie vollkommen. Eine Bedingung muß ich Ihnen doch stellen: (ich bitte Sie sehr, sie einzuhalten; Sie sehen ja, daß ich ganz offen spreche) – verlieben Sie sich nicht in mich! ... Das dürfen Sie nicht, ich versichere Sie! Zur Freundschaft bin ich bereit, hier haben Sie meine Hand ... Aber sich in mich verlieben, das dürfen Sie nicht, ich bitte Sie darum!"

"Ich schwöre es Ihnen!" rief ich und ergriff ihr Händchen.

"Ach, schwören Sie lieber nicht! Ich weiß ja, daß Sie wie Schießpulver explodieren können. Nehmen Sie mir nicht übel, daß ich mit Ihnen so spreche. Wenn Sie nur wüßten ... Auch ich habe niemanden, mit dem ich sprechen, den ich um Rat bitten könnte. Allerdings: auf der Straße sucht man keine Ratgeber; doch Sie sind eine Ausnahme. Ich kenne Sie so gut, als ob wir seit zwanzig Jahren befreundet wären ... Ich kann mich doch auf Sie verlassen, nicht wahr? ..."

"Sie werden sehen ... Ich weiß gar nicht, wie ich diesen einen Tag der Erwartung überlebe."

"Schlafen Sie wohl, gute Nacht! Und denken Sie daran, daß ich mich Ihnen schon anvertraut habe. Sie haben es vorhin so schön gesagt: man kann wirklich nicht über jede Regung des Herzens oder gar über sein brüderliches Mitgefühl Rechenschaft abgeben! Wissen Sie, das war so schön gesagt, daß mir gleich der Gedanke kam, mich Ihnen anzuvertrauen ..."

"Um Gottes willen! Was wollen Sie mir denn anvertrauen? Was?"

"Das sage ich Ihnen morgen. Vorerst soll es noch mein Geheimnis bleiben. Das ist auch für Sie besser: so wird es wenigstens entfernt einem Roman gleichen. Vielleicht werde ich es Ihnen morgen sagen, vielleicht auch nicht ... Ich will mit Ihnen noch etwas sprechen ... Wir müssen uns noch näher kennen lernen ..."

"Ich bin bereit, Ihnen morgen alles von mir zu erzählen! Aber was ist denn das? Ich erlebe ein Wunder ... Mein Gott, wo bin ich? Nun sagen Sie mir: machen Sie sich vielleicht Vorwürfe, weil Sie mir vorhin nicht böse wurden und mich nicht abwiesen, wie es wohl jede andere getan hätte? Es waren nur zwei Minuten, und Sie haben mich für immer glücklich gemacht. Jawohl! glücklich! Wer weiß: vielleicht haben Sie mich mit mir selbst versöhnt und alle meine Zweifel gelöst ... Vielleicht habe ich Augenblicke ... Nun, ich werde Ihnen ja alles erzählen, Sie sollen alles erfahren ..."

"Schön, ich nehme Ihren Vorschlag an. Sie werden also den Anfang machen ..."

"Einverstanden!"

"Auf Wiedersehen!"

"Auf Wiedersehen!"

Wir trennten uns. Ich irrte noch die ganze Nacht durch die Straßen; ich konnte mich nicht entschließen, nach Hause zu gehen. Ich war so glücklich ... also morgen!

Die zweite Nacht

"Nun haben Sie es doch erlebt!" sagte sie lachend und mir beide Hände reichend.

"Ich bin schon seit zwei Stunden hier. Sie wissen gar nicht, wie mir heute den ganzen Tag zumute war."

"Ich weiß es, ich weiß es. Doch zur Sache. Wissen Sie, wozu ich hergekommen bin? Doch nicht um Unsinn zu schwatzen, wie gestern. Hören Sie: wir müssen in Zukunft vernünftiger sein. Ich habe darüber gestern noch lange nachgedacht."

"Worin sollen wir denn vernünftiger sein? Ich meinerseits bin ja zu allem bereit; doch ich habe in meinem ganzen Leben wirklich nichts Vernünftigeres erlebt, als das, was ich jetzt erlebe."

"Ist es wahr? Erstens muß ich Sie bitten, mir nicht so fest die Hände zu drücken; zweitens erkläre ich Ihnen, daß ich heute viel über Sie nachgedacht habe."

"Und zu welchem Ergebnis sind Sie gekommen?"

"Zu welchem Ergebnis? Nun, daß wir alles von vorne anfangen müssen, denn ich habe heute schließlich eingesehen, daß ich Sie noch gar nicht kenne, daß ich mich gestern wie ein Kind, wie ein kleines Mädchen benommen habe; zuletzt sagte ich mir, daß an allem nur mein gutes Herz schuld sei, d. h. ich lobte mich, was auch immer herauskommt, wenn wir uns über uns selbst Rechenschaft abgeben wollen. Und um diesen Fehler gutzumachen, habe ich beschlossen, mich über Sie sehr eingehend zu erkundigen. Da ich mich aber über Sie bei niemandem erkundigen kann, so müssen Sie mir selbst alles erzählen, die reine Wahrheit. Was sind Sie also für ein Mensch? Fangen Sie doch gleich an, erzählen Sie mir Ihre Geschichte!"

"Meine Geschichte!" rief ich erschrocken aus, "Meine Geschichte! Wer hat Ihnen gesagt, daß ich überhaupt eine Geschichte habe? Ich habe nämlich gar keine Geschichte ..."

"Wie lebten Sie denn, wenn Sie keine Geschichte haben?" unterbrach Sie mich lachend.

"Ganz ohne Geschichte! Ich lebte so ganz für mich, das heißt, ganz allein. Wissen Sie, was allein heißt?"

"Was verstehen Sie unter "allein"? Sind Sie denn niemals mit Menschen zusammengekommen?"

"Das nicht! Gewiß komme ich mit Menschen zusammen und doch bin ich allein ..."

"Nun, sprechen Sie denn mit niemand?"

"Eigentlich mit niemand."

"Wer sind Sie denn? Erklären Sie es mir! Doch warten Sie, ich glaube, ich kann es selbst erraten: Sie haben wohl eine Großmutter wie ich. Sie ist blind, läßt mich ihr ganzes Leben lang nicht von ihrer Seite, so daß ich beinahe zu sprechen verlernt habe. Und als ich vor zwei Jahren einen üblen Streich anstellte, und sie einsah, daß sie mich nicht anders festhalten konnte, rief sie mich einmal zu sich heran und befestigte mein Kleid mit einer Stecknadel an das ihrige. So sitzen wir nun seither tagelang nebeneinander; sie strickt, obwohl sie blind ist, einen Strumpf, und ich muß brav an ihrer Seite sitzen, nähen, oder ihr etwas vorlesen, – es ist so seltsam: seit zwei Jahren lebe ich an die Großmutter angesteckt ..."

"Mein Gott, wie traurig! Doch ich, nein, ich habe keine solche Großmutter."

"Wenn Sie keine haben, wie können Sie dann immer zu Hause sitzen?"

"Hören Sie: Sie wollten doch wissen, wer ich bin?"

"Ja, gewiß?"

"Im eigentlichsten Sinne des Wortes?"

"Ja!"

"Also bitte: ich bin ein Typ."

"Ein Typ? Was für ein Typ?" rief das Mädchen aus und lachte so, als ob sie ein ganzes Jahr keine Gelegenheit zum Lachen gehabt hätte. "In Ihrer Gesellschaft ist es wirklich lustig! Schauen Sie: hier ist eine Bank; wollen wir uns setzen. Hier kommt kein Mensch vorbei, niemand wird uns hören, also können Sie mir Ihre Geschichte erzählen! Sie werden mir nichts vormachen: natürlich haben Sie eine Geschichte, Sie verheimlichen sie nur. Sagen Sie mir vor allen Dingen: was ist ein Typ?"

"Ein Typ? Ein Typ ist ein Sonderling, ein lächerlicher Mensch," sagte ich und begann, von ihrem kindlichen Lachen angesteckt, gleichfalls zu lachen. "Das ist so ein Charakter. Hören Sie einmal: wissen Sie, was ein Träumer ist?"

"Ein Träumer?! Wie sollte ich das nicht wissen? Auch ich bin eine Träumerin! Wenn ich so neben meiner Großmutter sitze, kommt mir doch alles Mögliche in den Sinn. Und so fange ich an zu träumen, und wenn ich schon einmal im Zuge bin, so kann es auch vorkommen, daß ich in meinen Gedanken den Kaiser von China heirate ... Manchmal ist es sehr schön zu träumen! Übrigens nein, – ich weiß wirklich nicht ... Besonders wenn man auch an andere Dinge denken muß ..." fügte das Mädchen ziemlich ernst hinzu.

"Vortrefflich! Wenn Sie schon einmal so weit waren, daß Sie den Kaiser von China heirateten, so werden Sie auch mich verstehen. Also hören Sie zu ... Erlauben Sie übrigens: ich weiß ja noch gar nicht, wie Sie heißen!"

"Endlich fällt's Ihnen ein, danach zu fragen! Früh genug!"

"Ach mein Gott! Früher dachte ich gar nicht daran, ich fühlte mich auch so schon glücklich ..."

"Ich heiße Nastenka."

"Nastenka! Und weiter?"

"Nichts weiter! Ist es Ihnen zu wenig? Sie sind wirklich unersättlich!"

"Ob es mir zu wenig ist? Im Gegenteil: es ist viel, sehr viel! Sie sind wirklich ein gutes Mädchen, Nastenka, wenn Sie sich gleich zu Beginn mit dem Kosenamen Nastenka vorstellen."

"Nun sehen Sie es! Also weiter!"

"Hören Sie, Nastenka, was für eine komische Geschichte ich Ihnen erzählen werde."

Ich setzte mich neben sie, nahm eine pedantisch-ernste Pose an und begann wie aus einem Buche:

"Es gibt, wenn Sie es noch nicht wissen, Nastenka, es gibt hier in Petersburg recht seltsame Winkel. In solche Winkel schaut jene Sonne, die sonst für alle Einwohner Petersburgs scheint, wohl niemals hinein. An ihrer Statt guckt zuweilen eine andere, neue Sonne hinein, eine eigens für solche Winkel geschaffene Sonne, die auf alles ein ganz anderes, eigenes Licht wirft. In solchen Winkeln, liebe Nastenka, lebt man ein ganz besonderes Leben, das von dem Leben, das um uns brandet, gänzlich verschieden ist; ein Leben, das es vielleicht nur noch irgendwo, in einem fernen Märchenlande gibt, aber keineswegs hier bei uns, in unsrer ernsten, bitterernsten Zeit. Dieses Leben ist ein Gemenge von etwas rein Phantastischem und brennend Idealem und – leider, Nastenka! – trüb Prosaischem und Gewöhnlichem, um nicht zu sagen – grenzenlos Banalem."

"Pfui! Du lieber Himmel! Diese Vorrede! Was werde ich denn noch zu hören bekommen?"

"Sie werden hören, Nastenka, (ich glaube, ich werde niemals müde, Sie Nastenka zu nennen), Sie werden hören, daß in solchen Winkeln sonderbare Menschen – ich nenne sie Träumer – leben. Ein Träumer, wenn ich genauer definieren soll, ist gar kein Mensch, sondern, wissen Sie, ein Wesen sächlichen Geschlechts. Dieses Wesen siedelt sich gewöhnlich in einem möglichst unzugänglichen Winkel an, als ob es sich sogar vom Tageslicht abschließen wollte, und wenn es schon einmal einen solchen Winkel gefunden hat, so wächst es mit ihm zusammen wie die Schnecke mit ihrem Haus; oder es gleicht zumindest einem andern interessanten Geschöpf, das Tier und Haus zugleich ist und das man Schildkröte nennt.

Was glauben Sie, warum liebt dieser komische Mensch seine vier Wände, die unbedingt grün angestrichen, schmierig, düster und in ganz unerlaubtem Maße verräuchert sind? Warum empfängt er einen Bekannten, der ihn besuchen will, (und es endet immer damit, daß er seine wenigen Bekannten einen nach dem andern verliert), warum empfängt er ihn mit so verlegenem und verändertem Gesicht, als ob er in seinen vier Wänden soeben irgendein Verbrechen begangen hätte: als hätte er falsche Banknoten hergestellt oder ein Gedicht geschrieben, um es an eine Redaktion mit einem anonymen Begleitbrief zu schicken, in dem es heißt, daß der wirkliche Autor längst gestorben sei und daß ein Freund des Verstorbenen es für seine Pflicht halte, die Verse zu veröffentlichen? Warum, erklären Sie es mir, Nastenka, warum kann zwischen ihm und seinem Gast unmöglich ein Gespräch zustandekommen? Warum kann der plötzlich erschienene und schon ganz verdutzte Freund auf einmal weder lachen noch scherzen, während er ja sonst gar nicht abgeneigt ist, zu lachen, zu scherzen oder über das zarte Geschlecht oder ein anderes lustiges Thema zu plaudern? Sagen Sie mir, warum ist schließlich auch der Freund selbst, der den Träumer wohl erst vor kurzem kennen gelernt hat und seinen ersten Besuch bei ihm macht (einen zweiten wird er nämlich nie machen!) warum ist er bei all seinen gesellschaftlichen Talenten, wenn er sie besitzt, auf einmal so verlegen und zu Erz erstarrt, wenn er das veränderte Gesicht des andern sieht, der seinerseits schnell aus dem Konzept gekommen ist, nachdem er zuvor, um wenigstens durch seinen guten Willen dem Gast zu gefallen, einige übermenschliche doch vergebliche Anstrengungen gemacht hat, die Unterhaltung in Fluß zu bringen und zu beleben und dem armen Gast, der wohl aus Versehen zu ihm geraten ist, zu zeigen, daß auch er Unterhaltungsgabe besitzt und, gleichfalls vom schönen Geschlecht zu plaudern versteht? und warum greift der Gast schließlich ganz unvermittelt nach seinem Hut und macht sich schleunigst aus dem Staube, nachdem er irgendeine unaufschiebbare Angelegenheit, die ihm soeben eingefallen sei, erfunden und seine Hand aus dem warmen Händedruck des andern, der seine tiefste Reue und Bereitwilligkeit, alles wieder gut zu machen, zeigt, mit Not losgerissen hat?

Warum beginnt der fortgehende Freund, sobald er draußen ist, wie wahnsinnig zu lachen, warum leistet er unverzüglich das Gelübde, nie wieder den Sonderling zu besuchen, obwohl dieser im Grunde genommen ein vortrefflicher Mensch ist, und warum kann er seiner Phantasie nicht das harmlose Vergnügen versagen: den Gesichtsausdruck, den sein Freund während der soeben stattgefundenen Unterredung zeigte, wenigstens ganz entfernt mit dem eines unglückseligen Kätzchens zu vergleichen, das Kinder heimtückisch gefangen genommen, und dann, geplagt und auf jede Weise mißhandelt haben und das sich schließlich vor ihnen unter einen Sessel oder in eine finstere Ecke verkrochen hat, wo es nun eine ganze Stunde Zeit hat, sein zerzaustes Fell in Ordnung zu bringen, sein beleidigtes Schnäuzchen mit beiden Vorderpfoten zu waschen und dann noch lange Zeit feindselig auf die Natur und das Leben zu sehen und selbst auf den guten Bissen, den ihm die mitleidige Wirtschafterin von der herrschaftlichen Tafel aufgehoben hat?"

"Hören Sie einmal," unterbrach mich Nastenka, die die ganze Zeit erstaunt, mit großen Augen und offenem Munde zugehört hatte: "Hören Sie: ich weiß wirklich nicht, warum dies alles geschah und warum Sie diese komischen Fragen gerade mir vorlegen; aber was ich ganz sicher weiß, ist, daß Sie es sind, der alle diese Abenteuer erlebt hat."

"Zweifellos!" antwortete ich mit ernster Miene.

"Wenn es zweifellos ist, so fahren Sie fort," sagte Nastenka, "denn ich möchte wirklich gerne wissen, womit das alles endet."

"Sie wollen also wissen, Nastenka, was unser Held, oder richtiger, was ich in meiner eigenen bescheidenen Person trieb? Sie wollen wissen, warum ich nach dem unerwarteten Besuch eines Freundes jedes Gleichgewicht verlor und es einen ganzen Tag lang nicht wiederfinden konnte? Sie wollen wissen, warum ich erzitterte und errötete, als die Türe meines Zimmers aufging, warum ich den Gast nicht wie es sich gehört empfing und warum ich auf eine so lächerliche Weise von der Last meiner Gastfreundschaft erdrückt wurde?"

"Nun ja!" erwiderte Nastenka: "Das will ich eben wissen! Hören Sie: Sie erzählen ja sehr schön, vielleicht können Sie aber doch etwas weniger schön erzählen? Denn Sie sprechen so, als ob Sie aus einem Buche vorläsen!"

"Nastenka!" sagte ich wichtig und ernst, doch im Grunde mit Mühe ein Lachen verbeißend: "Liebe Nastenka, ich weiß, daß ich sehr schön erzähle, Sie müssen mich aber entschuldigen: ich kann nicht anders erzählen. Jetzt gleiche ich dem Geiste des Königs Salomo, der tausend Jahre lang in einem Kästchen unter sieben Siegeln eingeschlossen war und den man endlich von diesen sieben Siegeln befreit hat. Und nun, liebe Nastenka, wo wir uns nach einer so langen Trennung wieder begegnet sind, denn ich kannte Sie schon lange, Nastenka, und sehnte mich schon lange nach jemand, (was ein Beweis dafür ist, daß Sie es sind, die ich suchte, und daß unsere Begegnung eine Fügung des Schicksals ist) – jetzt haben sich in meinem Kopfe tausend Schleusen geöffnet, und ich muß alles Aufgespeicherte in einem Redefluß ausgießen, oder ich ersticke. Also ich bitte Sie, Nastenka, mich nicht zu unterbrechen, sondern mir geduldig und folgsam zuzuhören. Sonst höre ich auf!"

"Nein, nein, nein! Das will ich nicht! Sprechen Sie nur! Ich werde Sie mit keinem Wort unterbrechen!"

"Gut, ich fahre fort. Es gibt, meine liebe Nastenka, in meinem Tage eine Stunde, die ich ganz besonders liebe. Es ist die Stunde, wo alle Leute ihr Tageswerk abgeschlossen haben, aus den Geschäften und Ämtern nach Hause eilen, um zu essen und auszuruhen, und unterwegs lustige Pläne fassen in bezug auf den Abend, die Nacht und die ganze ihnen noch zur Verfügung stehende freie Zeit. In dieser Stunde schreitet auch unser Held – Sie müssen mir gestatten, Nastenka, daß ich von mir in dritter Person erzähle, denn ich schäme mich, in erster Person zu sprechen – schreitet also unser Held, der ja auch irgendeine Beschäftigung hat, hinter den übrigen her. Doch ein eigentümlich zufriedenes Gefühl spricht aus seinem bleichen, gleichsam zerknitterten Gesicht. Ganz entzückt blickt er auf die Abendröte, die langsam auf dem kalten Petersburger Himmel erlischt. Wenn ich sage: er blickt, so lüge ich; denn er blickt nicht, sondern er schaut, ohne sich irgendwelche Rechenschaft abzugeben und gleichsam ermüdet und mit anderen, wichtigeren Dingen beschäftigt, so daß er seine Umgebung nur ganz flüchtig und beinahe unbewußt mit einem Blicke streifen kann. Er ist zufrieden, denn er ist bis morgen von seiner ihm lästigen Tätigkeit erlöst, und freut sich wie ein Schulknabe, den man aus dem Klassenzimmer herausgelassen hat und der nun an seine Lieblingsspiele und Streiche gehen darf.

Schauen Sie ihn nur von der Seite an, Nastenka: Sie werden bemerken, daß dieses Freudegefühl bereits wohltuend auf seine kranken Nerven und seine krankhaft erregte Phantasie gewirkt hat. Nun ist er plötzlich nachdenklich geworden. An was mag er denken? Sie glauben, an sein Mittagessen? Oder an den bevorstehenden Abend? Was betrachtet er plötzlich so aufmerksam? Jenen soliden Herrn dort, der sich soeben so graziös vor der Dame verneigt hat, die an ihm in glänzender mit schnellfüßigen Pferden bespannten Equipage vorübergefahren ist? Nein, Nastenka! Was geht ihn dieser Tand an! Er ist jetzt an seinem eigenen Leben reich; er ist ganz plötzlich reich geworden, und der Abschiedsstrahl der untergehenden Sonne hat ihn nicht wirkungslos gestreift, sondern in seinem erwärmten Herzen einen ganzen Schwarm von Eindrücken geweckt. Nun bemerkt er kaum die Straße, auf der ihn sonst jede Kleinigkeit fesseln kann. Schon hat "Göttin Phantasie" (Sie kennen wohl dies Bild, Nastenka, aus Shukowskij's Gedichten?) auf ihrem Webstuhle goldene Kettenfäden gespannt und vor seinen Blicken Gebilde eines phantastisch märchenhaften Lebens zu weben begonnen; wer weiß: vielleicht hat sie ihn auch schon mit ihrer launischen Hand vom vorzüglichen Granittrottoir, auf dem er nach Hause geht, in den siebenten kristallenen Himmel gehoben? Versuchen Sie ihn nur anzusprechen und zu fragen, wo er sich jetzt befinde und durch welche Straßen er gegangen sei. Er wird sich darauf sicher nicht besinnen können; er wird vor Ärger erröten und des Anstandes wegen etwas vorlügen. Darum fährt er auch so zusammen, schreit beinah auf und sieht sich erschrocken um, als ihn eben eine alte Dame von sehr ehrwürdigem Aussehen mitten auf dem Bürgersteige anhält und sich nach dem Wege, den sie verloren hat, erkundigt. Geärgert und mit gerunzelter Stirn setzt er seinen Weg fort und merkt kaum, daß mancher Passant bei seinem Anblick lächelt und sich nach ihm sogar umsieht, und daß irgendein kleines Mädchen ihm scheu ausweicht und laut auflacht, als es mit Erstaunen sein breites beschauliches Lächeln und seine seltsamen Handbewegungen sieht.

Und schon hat diese selbe Göttin Phantasie in ihrem launischen Fluge die alte Dame, die neugierigen Passanten, das lachende Mädchen und die Bauern, die auf ihren auf der Fontanka liegenden Kähnen (nehmen wir an, daß unser Held gerade an der Fontanka vorübergeht) ihr Abendbrot verzehren, erhascht und spielend in ihr Gewebe eingefügt, wie die Spinne die Fliege einfängt; schon hat der Sonderling, mit diesem neuen Fund bereichert, seine gemütliche Behausung erreicht, sich an den Tisch gesetzt und längst seine Mahlzeit verzehrt; er kommt erst dann zur Besinnung, als seine ewig versonnene und traurige Köchin Matrjona den Tisch abgeräumt und ihm seine Pfeife gebracht hat: er kommt zu sich und stellt mit Erstaunen fest, daß er bereits gegessen hat, ohne auch nur das Mindeste davon gemerkt zu haben. Im Zimmer ist es inzwischen dunkel geworden, in seiner Seele ist es öde und traurig; ein ganzes Reich von Träumen ist rings um ihn spurlos und lautlos zusammengestürzt, ist wie ein Traum zerronnen und er kann sich nicht einmal besinnen, was er geträumt hat. Doch ein seltsam dunkles Gefühl, das seine Brust schmerzhaft erbeben macht, irgendein neuer Wunsch kitzelt und reizt schon wieder seine Phantasie und ruft unmerklich einen neuen Schwarm neuer Gesichte herbei. In seinem kleinen Zimmer ist es still; Einsamkeit und süßes Nichtstun umschmeicheln seine Phantasie; sie entzündet sich allmählich und beginnt ganz langsam zu brodeln wie das Wasser in der Kaffeekanne der alten Matrjona, die sorglos nebenan in der Küche waltet und ihren Köchinnenkaffee kocht. Schon beginnt die Phantasie stoßweise zu sprudeln, schon ist das Buch, das unser Träumer zwecklos und unbesehen vom Bücherbrett genommen hat, und in dem er kaum bis zur dritten Seite gekommen ist, seiner Hand entfallen.

Seine Phantasie ist neu gestimmt und gereizt, und vor seinen Blicken ist schon wieder eine neue Welt, ein neues bezauberndes Leben in strahlend herrlicher Perspektive entstanden. Ein neuer Traum – ein neues Glück! Eine neue Dosis raffinierten, süßen Giftes! Was ist ihm unser wirkliches Leben! Seinem durchaus nicht ungetrübten Blick erscheint unser Leben, Nastenka, so träge, langsam und welk; erscheinen wir alle mit unserm Schicksal unzufrieden und von der Last des Lebens bedrückt! Es ist auch wirklich so: erscheint denn beim ersten Blick nicht alles zwischen uns so kalt, mürrisch und düster?!

Die Armen! denkt sich der Träumer. Es ist auch kein Wunder, daß er so denkt! Beachten Sie doch nur die zauberhaften Gestalten und Erscheinungen, die sich vor seinen Blicken so launisch, so uferlos und in solcher Fülle zu einem feenhaften, beseelten Bilde formen, in dessen Vordergrunde als Hauptgestalt natürlich unser Träumer in eigener Person steht. Sie wollen vielleicht wissen, was er träumt? Wozu soll man danach fragen? Er träumt von allem ... vom Schicksal eines anfangs verkannten und später lorbeerbekränzten Dichters; von seiner Freundschaft mit E. Th. A. Hoffmann, der Bartholomäusnacht, Diane Vernon, einer Heldentat bei der Eroberung von Kasan durch Iwan den Grausamen, von Klara Mowbray, Minna und Brenda und anderen Heldinnen Walter Scott'scher Romane, vom Prälatenkonzil und Johannes Huß, von der Totenauferstehung im "Robert der Teufel" (erinnern Sie sich an diese Musik? Sie ist wie ein Hauch vom Friedhof!), von der Schlacht an der Beresina, von der Vorlesung eines Gedichts im Salon der Gräfin Woronzow-Daschkow, von Danton, Kleopatra *ei suoi amanti*, von Puschkins "Häuschen in der Kolomnavorstadt", von seinem eigenen Winkel, in dem an seiner Seite ein entzückendes Mädchen sitzt, das ihm an einem Winterabend mit offenem Mündchen und großen Augen zuhört, – genau so wie Sie mir jetzt zuhören, mein kleiner Engel ... Nein, Nastenka, was kann ihm, dem wollüstigen Faulenzer, das Leben bedeuten, nach dem wir uns beide so sehnen? Er ist überzeugt, daß dieses Leben armselig und blaß ist, und er ahnt gar nicht, daß auch ihm einmal die traurige Stunde schlägt, wo er für einen einzigen Tag dieses armseligen Lebens alle seine phantastischen Jahre hingeben würde; und nicht einmal für irgendeinen ausgewählt glücklichen Tag: denn er wird in jener Stunde der Trauer, Reue und Wehmut nicht einmal wählen wollen. Doch solange ihm diese drohende Stunde noch nicht geschlagen hat, wünscht er sich nichts, denn er ist über alle Wünsche erhaben, denn er besitzt alles, ist übersättigt, ist selbst der Gestalter seines Lebens, das er sich jeden Augenblick nach einer neuen Laune neu schafft. Und wie leicht, wie natürlich entsteht so eine märchenhaft phantastische Welt! Als ob sie greifbar und nicht gespenstisch wäre! Er ist manchmal wirklich zu glauben geneigt, daß dieses Leben nicht ein Spiel der Phantasie, nicht eine Luftspiegelung, nicht eine trügerische Einbildung, sondern etwas wirklich Seiendes, Echtes, Reales sei!

Warum, sagen Sie es mir, Nastenka, warum stockt in solchen Augenblicken sein Atem? Durch welche Zauberkraft, durch welchen unerforschlichen Machtspruch beginnen plötzlich seine Pulse zu fliegen, seine Augen zu tränen und seine blassen, tränenfeuchten Wangen zu brennen, während sein ganzes Wesen von einem alles überwältigenden Lustgefühl erfüllt wird? Warum vergehen für ihn lange schlaflose Nächte wie ein Augenblick in unerschöpflicher Freude und Lust, und erst wenn die aufgehende Sonne ihren ersten rosigen Strahl in sein Fenster wirft, und sein unfreundliches Zimmer sich mit dem ungewissen, phantastischen Licht des Petersburger Morgens füllt, – warum sinkt unser Träumer erst dann ermüdet und matt auf sein Bett und schläft ein, während sein krankhaft erschütterter Geist in Wonne erstirbt und sein Herz vor süßem Schmerz vergeht? Ja, Nastenka, man kann sich leicht täuschen, die Leidenschaft, die sein Herz erfüllt, für echt, und seine körperlosen Traumbilder für lebendig und greifbar halten! Und so vollkommen ist die Täuschung! Da ist zum Beispiel in seinem Herzen die Liebe mit allen ihren grenzenlosen Wonnen und verzehrenden Qualen aufgegangen ... Sie brauchen ihn nur anzuschauen und Sie werden daran glauben! Würden Sie es, liebe Nastenka, bei diesem Anblick für möglich halten, daß er diejenige, die er in seiner rasenden Phantasie so sehr liebt, niemals gekannt hat? Hat er sie denn nur in seinen verführerischen Träumen gesehen, und war diese Leidenschaft nur ein Traum? Sind sie denn wirklich nicht Hand in Hand durch so viele Jahre nebeneinander gegangen, zu zweien, die ganze übrige Welt vergessend und die eigene Welt und das eigene Leben mit dem Leben des Freundes vereinend? War es denn nicht sie, die in der späten Stunde des Abschieds, weinend und sich in Seelenqualen verzehrend, an seiner Brust lag, ohne auf den Sturm, der unter dem düsteren Himmel raste, und auf den Wind, der die Tränentropfen von ihren schwarzen Wimpern wegtrug, zu achten? War denn das Ganze nur ein Traum: der traurige verwilderte Park mit den moosüberwucherten Wegen, auf denen sie so oft zu zweien lustwandelten, das Herz voller Hoffnung und Liebe, so "tiefer und süßer Liebe"? Und das alte, noch vom Urgroßvater erbaute Haus, in dem sie so lange Zeit einsam und traurig an der

Seite eines ewig schweigsamen, alten und mürrischen Gatten lebte, der die beiden, die so scheu wie Kinder waren und ihre Liebe furchtsam voreinander verbargen, immerwährend ängstigte? Wie quälten sie sich, wie fürchteten sie sich, wie rein und keusch war ihre Liebe und wie schlecht – das versteht sich doch von selbst, Nastenka! – wie schlecht waren die Menschen!

Und, mein Gott, war es denn nicht sie, die er später, fern vom heimatlichen Gestade, unter einem fernen, südlichen, glühenden Himmel wiedergesehen, in der wunderbar ewigen Stadt, im Glanze des Balles, bei schmetternder Musik in einem strahlend erhellten Palazzo (es muß unbedingt ein Palazzo sein), auf einem von Rosen und Myrten umrankten Balkone, wo sie, nachdem sie ihn wiedererkannt, ihre Maske hastig von sich warf und mit den Worten: "Nun bin ich frei!" ihm zuflog; wo sie sich mit einem Aufschrei von Wonne in die Arme fielen und in einem Augenblick alles vergaßen: ihren Kummer, die Trennung, alle Pein, das düstere Haus, den alten Gatten, den düsteren Park in der fernen Heimat und die Bank, auf der sie sich mit dem letzten, leidenschaftlichen Abschiedskuß aus seinen vor Verzweiflung erstarrten Armen gerissen hatte ... Geben Sie es doch zu, Nastenka, daß man erzittern, zusammenfahren und wie ein Schuljunge, der soeben im Nachbarsgarten einen Apfel gestohlen hat und ihn hastig in der Tasche verbirgt, erröten muß, wenn nun plötzlich irgendein baumlanger, lustiger Bursche als ungebetener Gast an der Schwelle erscheint und, als ob nichts geschehen wäre, herausplatzt: "Weißt du, mein Lieber? Ich komme eben aus Pawlowsk!" Mein Gott! Der alte Graf ist tot, ein unaussprechliches Glück bricht an, – und dem Kerl fällt es ein, aus Pawlowsk zu kommen!"

Ich hielt nach all den pathetischen Phrasen ebenso pathetisch inne. Ich weiß noch, daß ich große Lust hatte, in ein schallendes Gelächter auszubrechen, denn ich fühlte schon, wie sich in mir ein übermütiger Teufel regte, wie mir ein Zucken durch Hals und Kinn ging und meine Augen feucht wurden ...

Ich erwartete, daß Nastenka, die mir, ihre klugen Augen weit geöffnet, zuhörte, in ein kindliches, unbändig lustiges Lachen ausbrechen würde, und ich machte mir schon Vorwürfe, daß ich zu weit gegangen sei, daß ich ihr unnötigerweise etwas erzählt hätte, was ich als längst gefälltes Urteil über mich selbst schon lange auf dem Herzen herumgetragen und daher so fließend zu erzählen verstand; allerdings hatte ich nicht erwartet, daß sie mich verstehen würde. Doch zu meinem Erstaunen schwieg sie zunächst eine Weile, drückte mir dann die Hand und fragte mit einer eigentümlich schüchternen Teilnahme:

"Haben Sie denn wirklich Ihr ganzes Leben so verbracht?"

"Ja, mein ganzes Leben, Nastenka," antwortete ich. "Mein ganzes Leben, und ich glaube, daß es bis an mein Ende so bleiben wird."

"Nein, das soll nicht sein!" sagte sie erregt. "Das darf nicht geschehen! So werde vielleicht auch ich mein ganzes Leben neben der Großmutter verbringen. Hören Sie, wissen Sie denn nicht, daß es gar nicht gut ist, so zu leben?"

"Ich weiß es, Nastenka, ich weiß es!" rief ich, meinem Gefühle freien Lauf lassend, "und gerade jetzt weiß ich besser als je, daß ich meine schönsten Jahre ganz nutzlos verschwendet habe! Jetzt weiß ich es, und diese Erkenntnis tut mir weh, weil Gott selbst mir Sie als einen guten Engel gesandt hat, um es mir zu sagen und zu beweisen. Jetzt, wo ich neben Ihnen sitze und mit Ihnen spreche, ist es mir schwer, an die Zukunft zu denken, denn in der Zukunft erwartet mich wieder Einsamkeit und dieses dumpfe, überflüssige zwecklose Leben; und was werde ich überhaupt noch träumen können, nachdem ich schon im Wachen und in Wirklichkeit an Ihrer Seite so glücklich gewesen bin?! O, seien Sie gesegnet, Sie liebes, gutes Mädchen, weil Sie mich nicht gleich am Anfang abgewiesen haben, weil ich dank Ihnen sagen darf, daß ich wenigstens zwei Abende in meinem Leben wirklich gelebt habe!"

"Ach nein, nein!" rief Nastenka aus, und Tränen erglänzten in ihren Augen. "Nein, so darf es nicht weiter gehen! Wir dürfen nicht so auseinandergehen! Was sind zwei Abende?!"

"Ach, Nastenka, Nastenka! Wissen Sie denn, daß Sie mich für lange Zeit mit mir selbst versöhnt haben? Daß ich über mich niemals mehr so schlecht denken werde wie bisher? Daß ich mich vielleicht nicht mehr darüber grämen werde, aus meinem Leben ein Verbrechen und eine Sünde gemacht zu haben, – denn ein solches Leben ist Verbrechen und Sünde! Glauben Sie nur nicht, daß ich irgend etwas übertrieben habe, um Gottes willen, glauben Sie nur das nicht, Nastenka! Weil es Augenblicke gibt, wo mich solcher Gram, so unbeschreiblicher Gram verzehrt ... Weil es mir in solchen Augenblicken vorkommt, daß ich nicht mehr fähig sei, ein wirkliches Leben zu leben; weil ich schon oft glaubte, jeden Takt, jeden Sinn für das wahre, wirkliche Leben verloren zu haben; weil ich mich oft verdammt habe; weil nach meinen phantastischen Nächten Augenblicke der Ernüchterung kommen, die wahrhaft schrecklich sind!

Und dabei muß ich hören, wie rings um mich die Menschen toben und sich im Strudel des Lebens drehen; muß hören und sehen, wie Menschen leben, wie sie ein wirkliches, greifbares Leben leben, daß ihnen das Leben offen steht, daß es ihnen nicht wie ein Traumgesicht entschwebt, daß es sich ewig aus sich selbst erneut und verjüngt, daß keine Stunde dieses Lebens einer andern gleicht, – während meine scheue Phantasie so schal und eintönig ist, Sklavin eines Schattens, einer Idee, der ersten besten Wolke, die plötzlich die Sonne verdeckt und das Herz mit Wehmut erfüllt, das echte Petersburger Herz, dem seine Sonne so viel bedeutet, – und was wird erst aus der Phantasie, wenn mich einmal Wehmut erfüllt! – Ich fühle, wie sie schließlich ermattet, wie sich die "unerschöpfliche" erschöpft; denn man wächst ja innerlich, und die alten Ideale werden einem zu eng: sie zerfallen in Staub und Trümmer. Und wenn man kein anderes Leben hat, so muß man es eben aus diesen selben Trümmern bauen. Doch die Seele sehnt sich nach etwas anderem! Vergebens wühlt der Träumer wie in Schutt in seinen alten Träumen und sucht in ihrer Asche nach einem wenn auch noch so schwachen Fünkchen, um es anzufachen und mit dem neu entzündeten Feuer sein erkaltetes Herz zu erwärmen, um in ihm alles wiederzuerwecken, was ihm einst so teuer war, was die Seele rührte, das Blut in Wallung brachte, Tränen in die Augen trieb und so wunderbar trügte! Wissen Sie, Nastenka, wo ich angelangt bin? Wissen Sie, daß ich bereits Jahrestage meiner Empfindungen feiern muß, Gedenktage dessen, was mir einst so lieb war und was in Wirklichkeit niemals existierte, – meine Gedächtnisfeiern beziehen sich doch immer auf die gleichen einfältigen, wesenlosen Träume – und daß ich das tun muß, weil ich selbst diese einfältigen Träume nicht mehr habe, weil ich nichts habe, womit ich sie nähren kann, denn auch Träume müssen genährt werden? Wissen Sie, daß ich jetzt gern an bestimmten Tagen jene Stellen aufsuche, wo ich einst auf eine eigene Weise glücklich gewesen bin, daß ich meine Gegenwart oft auf das unwiederbringlich Vergangene abstimme und ganz ohne Not und Ziel, traurig und vergrämt durch die Petersburger Straßen und Gassen irre?

Und was sind das auch für Erinnerungen! Da erinnere ich mich zum Beispiel, daß ich genau vor einem Jahr, an diesem selben Tag und zu dieser selben

Stunde auf diesem selben Trottoir ebenso einsam und traurig gegangen bin wie heute! Ich erinnere mich, daß meine Gedanken auch damals schon traurig waren; und wenn ich sogar weiß, daß ich es auch damals nicht besser hatte, so kommt mir doch vor, als wäre mein Leben damals besser und ruhiger gewesen, als hätte ich damals weder die düsteren Gedanken gekannt, die mich jetzt verfolgen, noch die schmerzhaften Gewissensbisse, die mir jetzt Tag und Nacht keine Ruhe geben. Und zuweilen muß ich mich fragen: Wo sind denn deine Träume? Und ich schüttele den Kopf und sage: Wie schnell vergeht doch die Zeit! Und dann frage ich mich wieder: Was hast du mit deinen Jahren gemacht? Wo hast du deine beste Zeit begraben? Hast du gelebt oder nicht? Sieh nur, sag ich zu mir selbst, wie kalt es in der Welt wird! Noch einige Jahre, und dann kommt die traurigste Einsamkeit, kommt mit der Krücke das zitterige Alter, und mit ihnen Gram und Leid. Deine phantastische Welt wird verblassen, deine Träume werden absterben, verwelken und abfallen wie das gelbe Laub von den Ästen ... Ach Nastenka! Es ist so traurig, allein, ganz allein zu bleiben und nicht einmal etwas zu haben, was man beweinen könnte, nichts, gar nichts! ... Denn alles, was man verloren hat, war eigentlich nichts, eine absolute Null, ein Hirngespinst!"

"Genug! Sie verwunden mir mit Ihren Reden das Herz!" sagte Nastenka, sich Tränen aus den Augen wischend. "Nun ist es damit zu Ende! Jetzt werden wir zusammen sein; was mir auch das Schicksal bringt, wir trennen uns nicht mehr. Hören Sie einmal. Ich bin ein einfaches Mädchen und habe, obwohl Großmutter für mich einen Lehrer hielt, wenig gelernt; doch ich verstehe Sie, denn ich habe alles, was Sie mir erzählten, auch selbst erlebt, seit mich Großmutter an ihr Kleid angesteckt hat. Natürlich könnte ich es nicht so schön erzählen wie Sie, ich habe zu wenig gelernt," fügte sie unsicher hinzu, denn sie stand noch immer unter dem Eindruck meiner pathetischen Rede und meines hochtrabenden Stils: "doch es freut mich, daß Sie mir alles anvertraut haben. Jetzt kenne ich Sie durch und durch. Wissen Sie was? Nun will ich Ihnen meine Geschichte ebenso offen erzählen, ohne etwas zu verheimlichen, wie Sie mir; und Sie werden mir nachher einen Rat geben. Sie sind ja klug; wollen Sie versprechen, mir diesen Rat zu geben?"

"Ach, Nastenka!" erwiderte ich, "ich bin zwar noch nie Ratgeber gewesen und noch weniger – kluger Ratgeber, doch jetzt sehe ich, daß es sehr klug wäre, wenn wir immer so leben würden, und daß dann ein jeder von uns dem andern viele kluge Ratschläge erteilen könnte! Worin brauchen Sie nun meinen Rat, reizende Nastenka? Sprechen Sie ganz offen; ich bin jetzt so froh, glücklich, kühn und klug, daß mir das Ratgeben wohl keine Schwierigkeiten machen wird."

"Nein, nein!" unterbrach mich Nastenka lachend: "Ich brauche nicht nur einen klugen, sondern auch einen herzlichen, brüderlich teilnehmenden Rat ... als ob Sie mich Ihr ganzes Leben lang geliebt hätten ..."

"Gut, Nastenka, abgemacht!" rief ich entzückt: "Und wenn ich Sie auch schon seit zwanzig Jahren geliebt hätte, meine Liebe zu Ihnen könnte gar nicht größer sein, als sie es schon jetzt ist!"

"Geben Sie mir Ihre Hand!" sagte Nastenka.

"Hier ist sie!" Ich gab ihr meine Hand.

"Nun wollen wir mit meiner Geschichte beginnen!"

Nastenkas Geschichte.

"Die eine Hälfte meiner Geschichte kennen Sie bereits: nämlich, daß ich eine alte Großmutter habe ..."

"Wenn auch die andere Hälfte ebenso kurz ist wie diese," unterbrach ich sie lachend.

"Schweigen Sie und hören Sie zu. Doch zuvor eine Bedingung: Sie dürfen mich nicht unterbrechen, sonst komme ich aus dem Konzept. Hören Sie also ruhig zu.

Ich habe eine alte Großmutter. Ich kam zu ihr schon als kleines Kind, denn ich habe beide Eltern früh verloren. Ich glaube, daß Großmutter früher einmal reicher war, denn sie gedenkt noch jetzt öfters besserer Tage. Die gleiche Großmutter hat mich Französisch gelehrt und mir später einen Lehrer genommen. Als ich fünfzehn Jahre alt war (und jetzt bin ich siebzehn), nahm der Unterricht ein Ende. Um jene Zeit stellte ich auch einen Streich an; was es für ein Streich war, will ich Ihnen nicht sagen; es soll Ihnen genügen, wenn ich sage, daß es nichts Schlimmes war. Nun rief mich Großmutter eines Morgens zu sich und sagte, daß sie, da sie blind sei, auf mich nicht aufpassen könne; und sie nahm eine Nadel, heftete mein Kleid an das ihrige an und sagte, daß wir nun unser Leben lang so nebeneinander sitzen würden, vorausgesetzt, daß ich mich nicht besserte. Mit einem Worte, ich konnte in der ersten Zeit wirklich nicht von Großmutters Seite weichen: arbeiten, lesen, lernen, alles mußte ich in diesem Zustande. Einmal versuchte ich, Großmutter anzuführen, und überredete Fjokla, sich auf meinen Platz zu setzen. Fjokla ist unsere Dienstmagd; sie ist fast taub. Fjokla setzte sich also an meine Stelle; Großmutter war gerade in ihrem Lehnsessel eingeschlummert, und ich ging eine Freundin besuchen. Die Sache endete aber schlecht. In meiner Abwesenheit wachte Großmutter auf und fragte mich irgend etwas, denn sie glaubte natürlich, daß ich noch neben ihr sitze. Fjokla sah, daß Großmutter etwas fragte, konnte aber nichts hören; sie überlegte sich eine Weile, was sie tun sollte, nahm schließlich die Stecknadel heraus und lief davon ..."

Nastenka machte hier eine Pause und begann zu lachen. Auch ich mußte lachen. Dann hörte sie aber gleich auf.

"Hören Sie, Sie sollen über meine Großmutter nicht lachen. Ich lache nur, weil es so komisch war ... Was soll ich machen, wenn Großmutter einmal so ist; ein wenig liebe ich sie aber trotzdem. Nun, ich wurde von ihr tüchtig ausgeschimpft, mußte mich wieder auf meinen Platz setzen und konnte mich seitdem wirklich nicht mehr rühren.

Ich vergaß Ihnen zu sagen, daß wir, das heißt Großmutter ein eigenes Haus hat, vielmehr ein Häuschen, mit nur drei Fenstern; es ist ganz aus Holz und ebenso alt wie die Großmutter. Und oben ist noch eine Mansarde. In diese Mansarde zog also ein neuer Zimmerherr ein ..."

"Folglich hat es auch einen alten Zimmerherrn gegeben?" bemerkte ich so nebenbei.

"Gewiß hat es einen gegeben," antwortete Nastenka, "und der verstand besser zu schweigen als Sie. Er konnte allerdings kaum die Zunge bewegen. Es war ein ausgetrocknetes, stummes, blindes und lahmes altes Männchen, so alt, daß es schließlich nicht mehr leben konnte und sterben mußte. Also mußten wir einen neuen Zimmerherrn haben: ohne einen Mieter können wir nämlich nicht auskommen, denn die Miete ist neben Großmutters Pension unser ganzes Einkommen. Der neue Zimmerherr war ausgerechnet ein junger Mann, ein Fremder, aus der Provinz zugereist. Da er keinen Versuch machte, von der Miete etwas abzuhandeln, nahm ihn Großmutter auf. Doch später fragte sie mich: "Sag einmal, Nastenka, ist der neue Zimmerherr jung oder alt?" Ich wollte nicht lügen und sagte: "Man kann nicht sagen, daß er sehr jung sei, er ist aber auch nicht sehr alt."

"Nun, ist er von angenehmem Äußern?" fragte Großmutter weiter.

Ich wollte wieder nicht lügen und antwortete: "Ja, von recht angenehmem Äußern, Großmutter!" Großmutter sagte darauf: "Das ist eine Strafe Gottes! Ich sage das, mein Enkelkind, nicht damit du dich in ihn verguckst! Ja, diese neuen Zeiten! Ein so kleiner, bescheidener Mieter und hat dabei ein angenehmes Äußeres! Das war in der alten Zeit anders!"

Großmutter spricht nämlich bei jeder Gelegenheit von der guten alten Zeit! Sie behauptet, sie sei in der alten Zeit jünger gewesen, und die Sonne hätte wärmer geschienen, und der Rahm wäre nicht so schnell sauer geworden – alles in der guten alten Zeit! Ich höre zu, schweige und denke mir: Warum bringt mich Großmutter selbst auf solche Gedanken, wenn sie mich fragt, ob der neue Zimmerherr hübsch sei? Das ging mir nur so flüchtig durch den Kopf, und gleich darauf begann ich wieder die Maschen zu zählen und zu stricken, und vergaß diesen Vorfall ganz.

Eines Morgens kommt der Zimmerherr zu uns herunter, um nach der Tapete zu fragen, die man ihm für sein Zimmer versprochen hatte: Ein Wort gibt das andere: Großmutter spricht gern etwas viel. Auf einmal sagte sie mir: "Geh mal, Nastenka, hinüber in mein Schlafzimmer und hole das Rechenbrett." Ich sprang gleich auf, errötete, ich weiß nicht weshalb, und vergaß dabei ganz, daß ich angeheftet war. Statt die Stecknadel vorsichtig abzustecken, daß es der Zimmerherr nicht sähe, riß ich so, daß der Sessel mit der Großmutter ins Rollen kam. Als ich sah, daß der Mieter alles bemerkt hatte, wurde ich noch röter, blieb wie angewurzelt stehen und brach plötzlich in Tränen aus; so sehr schämte ich mich, und so bitter war es mir, daß ich am liebsten in die Erde versunken wäre. Großmutter sagte aber: "Was stehst du so da?" Und ich weinte noch mehr. Wie der Zimmerherr sah, daß ich mich vor ihm schämte, verabschiedete er sich und ging gleich fort!

Seit jener Zeit stand mir bei jedem Geräusch im Flur das Herz still; ich dachte mir gleich: Da kommt er! und steckte für jeden Fall heimlich die Nadel ab. Doch es war jedesmal wer anderer: der Zimmerherr ließ sich gar nicht blicken. So vergingen zwei Wochen. Eines Tages läßt er uns durch Fjokla sagen, daß er viele französische Romane habe, lauter gute, lesenswerte Bücher; ob Großmutter sie sich nicht von mir vorlesen lassen möchte, um sich die Zeit zu vertreiben? Großmutter nahm das Anerbieten mit Dank an, erkundigte sich aber einigemal, ob es moralische Bücher seien. "Denn es gibt," sagte sie, "auch unmoralische Bücher, die du, Nastenka, nicht lesen darfst, denn du könntest aus ihnen nur Schlechtes lernen!"

"Was könnte ich denn daraus lernen? Was steht in solchen Büchern?"

"In solchen Büchern wird beschrieben, wie junge Männer gesittete Mädchen verführen, wie sie sie unter dem Vorwande, sie heiraten zu wollen, aus dem Elternhause entführen und sie dann in ihrem Unglück sitzen lassen, und wie dann diese Mädchen elend zugrundegehen. Ich habe viele solche Bücher gelesen," sagte die Großmutter, "und es ist darin alles so schön geschildert, daß man sich gar nicht losreißen kann und zuweilen heimlich eine ganze Nacht durchliest. Also ich bitte dich, Nastenka, lies solche Bücher nicht! Was für Bücher hat er übrigens geschickt?"

"Es sind lauter Romane von Walter Scott, Großmutter!"

"So, von Walter Scott! Ob aber nicht irgend etwas dahinter steckt?! Schau mal nach, Nastenka, ob er nicht irgendeinen Liebesbrief hineingelegt hat!"

"Nein, Großmutter!" sage ich, "da liegt kein Brief drin."

"Schau auch unter dem Einbande nach! Sie pflegen manchmal ihre Liebesbriefe unter dem Einbanddeckel zu verstecken, die Spitzbuben!"

"Nein, Großmutter, auch unter dem Einband steckt nichts!"

"Also paß auf!"

So begannen wir den Walter Scott zu lesen und waren in einem Monat mit der Hälfte der Bände fertig. Dann schickte er noch andere Bücher, auch Puschkin war dabei. So daß ich schließlich ohne Bücher gar nicht mehr leben konnte und sogar meinen Traum, wie ich den chinesischen Prinzen heirate, gänzlich vergaß.

So stand die Sache, als ich einmal unsern Mieter ganz zufällig auf der Treppe traf. Großmutter hatte mich etwas kaufen geschickt. Er blieb stehen, ich errötete, und auch er errötete; schließlich lachte er, sagte mir guten Tag, erkundigte sich nach Großmutters Befinden und fragte: "Nun, haben Sie die Bücher gelesen?" Ich antwortete: "Ja, wir haben sie gelesen." – "Was hat Ihnen am besten gefallen?" – "Ivanhoe und Puschkin haben mir am besten gefallen." Damit endete diesmal unser Gespräch.

Nach acht Tagen traf ich ihn wieder auf der Treppe. Diesmal hatte mich nicht Großmutter geschickt, sondern ich mußte selbst etwas besorgen. Es war gerade um drei Uhr nachmittags, also um die Stunde, wo er gewöhnlich nach Hause zu kommen pflegte. "Guten Tag!" sagte er mir. "Guten Tag!" antwortete ich.

"Ist es Ihnen gar nicht langweilig, so den ganzen Tag mit der Großmutter zu sitzen?" fragte er mich.

Als er das fragte, wurde ich, ich weiß nicht warum, über und über rot; ich schämte mich, und es tat mir weh, daß sich schon Fremde über meine Lage erkundigten. Ich wollte sogar gehen, ohne ihm Antwort zu geben, brachte es aber nicht übers Herz.

"Hören Sie doch!" sagte er weiter, "Sie sind wirklich ein gutes Mädchen! Entschuldigen Sie, daß ich mit Ihnen so spreche, doch ich versichere Sie, daß ich Ihnen nur alles Gute wünsche. Haben Sie denn gar keine Freundinnen, die Sie einmal besuchen könnten?"

Ich sagte ihm, daß ich gar keine Freundinnen habe; ich hätte wohl eine Freundin, namens Maschenka gehabt, diese sei aber nach Pskow verzogen.

"Hören Sie," sagte er drauf, "möchten Sie nicht einmal mit mir ins Theater gehen?"

"Ins Theater? Und was wird Großmutter sagen?"

"Das müssen Sie eben hinter ihrem Rücken machen ..."

"Nein," sagte ich, "ich will meine Großmutter nicht betrügen. Leben Sie wohl!"

"Gut, leben Sie wohl!" sagte er. Sonst sagte er nichts.

Doch am Nachmittag kam er zu uns herunter; er nahm Platz, unterhielt sich lange mit Großmutter, fragte sie, ob sie irgendwohin ausfahre, ob sie Bekannte habe und sagte plötzlich so nebenbei: "Ich habe für heute abend eine Loge in die Oper genommen. Der Barbier von Sevilla wird gegeben. Bekannte wollten mitgehen. Nun sagten sie ab, und so sitze ich mit dem Billett."

"Der Barbier von Sevilla!" rief Großmutter aus. "Ist es derselbe Barbier, den man in der alten Zeit zu geben pflegte?"

"Ja," sagte er, "es ist derselbe!" Und dabei warf er mir einen Blick zu. Ich hatte schon alles begriffen, und das Herz hüpfte mir in freudiger Erwartung!

"Wie sollte ich ihn nicht kennen?" sagte Großmutter: "Habe ich doch selbst einmal vor vielen Jahren bei einer Liebhaberaufführung die Rosine gespielt!"

"Würden Sie vielleicht heute mitkommen?" fragte der Mieter. "Sonst verfällt ja mein Billett unbenutzt."

"Warum denn nicht?" sagte Großmutter. "Gerne! Meine Nastenka ist ja noch nie im Theater gewesen."

Mein Gott, diese Freude! Wir machten uns gleich bereit, kleideten uns um und fuhren hin. Großmutter ist zwar blind, wollte aber doch gern die Musik hören; und dann ist sie ja auch eine gute Seele: sie tat es mehr, um mir ein Vergnügen zu bereiten. Denn sonst wären wir wohl nie in die Oper gekommen. Welchen Eindruck auf mich der Barbier machte, das will ich Ihnen gar nicht sagen. Aber unser Mieter sah mich den ganzen Abend so freundlich an und sprach zu mir so herzlich, daß ich mir gleich sagte, er wollte mich heute früh nur prüfen, als er mir vorschlug, ich möchte mit ihm allein ins Theater gehen! Nein, diese Freude! Als ich an diesem Abend zu Bett ging, war ich so stolz, so froh, und hatte solches Herzklopfen, daß ich beinahe fieberte. Die ganze Nacht phantasierte ich vom "Barbier von Sevilla".

Ich glaubte, daß er uns von nun an öfter besuchen würde. Aber das fiel ihm gar nicht ein. Er hörte fast auf, zu uns zu kommen. Höchstens einmal im Monat kam er herunter, und jedesmal nur um uns aufzufordern, mit ihm ins Theater zu gehen. So an die zweimal gingen wir mit ihm auch wirklich hin. Dieses Benehmen gefiel mir gar nicht. Ich sah, daß er mit mir einfach Mitleid hatte, weil ich von der Großmutter so behandelt wurde, und sonst nichts. Je mehr ich darüber nachdachte, um so mehr kränkte es mich; schließlich konnte ich weder lesen, noch arbeiten, noch überhaupt ruhig auf einem Platze sitzen; manchmal lachte ich und stellte irgendwelche Streiche an, über die sich Großmutter ärgern mußte, und manchmal weinte ich. Schließlich kam ich so herunter, daß ich beinahe krank wurde. Die Opernsaison war indessen zu Ende, und der Zimmerherr stellte seine Besuche ganz ein. Und jedesmal, wenn wir uns begegneten – natürlich immer auf der Treppe – grüßte er mich stumm und mit so ernstem Gesicht, als ob er mit mir überhaupt nicht mehr sprechen wollte; und wenn er schon längst aus dem Flur gegangen war, stand ich noch immer da, über und über rot: denn sooft ich ihm begegnete, stieg mir das Blut in den Kopf.

Nun kommt bald das Ende. Genau vor einem Jahr, im Mai, kam er einmal zu uns herunter und erklärte Großmutter, daß er seine Angelegenheiten in Petersburg erledigt hätte und nun für ein Jahr nach Moskau gehen müsse. Als ich das hörte, erblaßte ich und ließ mich beinahe ohnmächtig in einen Stuhl fallen. Großmutter merkte nichts davon, er aber kündigte die Wohnung, verabschiedete sich und ging.

Was sollte ich da tun? Ich dachte lange nach, grämte mich, und faßte mir schließlich ein Herz. Am Abend vor seiner Abreise machte ich, sobald Großmutter eingeschlafen war, den entscheidenden Schritt. Ich band einige Kleider und etwas Wäsche zusammen und ging mit diesem Bündel in der Hand, mehr tot als lebendig zu unserm Zimmerherrn hinauf. Ich glaubte, es dauerte eine ganze Stunde, bis ich die Treppe hinaufgestiegen war. Als ich die Türe zu seinem Zimmer öffnete und er mich sah, schrie er förmlich auf. Er glaubte wohl, ich sei ein Gespenst; dann brachte er mir schnell ein Glas Wasser, denn ich hielt mich kaum auf den Beinen. Mein Herz klopfte so stark, daß mir davon der Kopf weh tat, und meine Gedanken waren ganz wirr. Und als ich zu mir kam, legte ich mein Bündel aufs Bett, setzte mich daneben, bedeckte das Gesicht mit den Händen und begann bitterlich zu weinen. Er hatte wohl alles augenblicklich begriffen! er stand neben mir so bleich und sah mich so traurig an, daß mir das Herz weh tat.

"Hören Sie, Nastenka!" begann er: "ich kann nichts unternehmen, ich bin arm und habe nichts, nicht einmal eine anständige Anstellung. Wie würden wir leben, wenn ich Sie heiratete?"

Wir sprachen noch lange hin und her, schließlich wurde ich ganz rasend und sagte ihm, daß ich bei Großmutter nicht länger bleiben könne, daß ich von ihr weglaufen würde, daß ich nicht wolle, noch länger an sie mit einer Nadel angesteckt zu sein, und daß ich, ob er will oder nicht, mit ihm nach Moskau gehen würde. Scham und Liebe und Stolz – alles sprach aus mir zugleich. Schließlich fiel ich, wie in Krämpfen, auf das Bett nieder. So sehr fürchtete ich, abgewiesen zu werden!

Er saß einige Minuten schweigend da, erhob sich dann von seinem Platz, ging auf mich zu und nahm mich bei der Hand.

"Hören Sie, meine gute, liebe Nastenka!" begann er, gleich mir gegen Tränen kämpfend. "Hören Sie mich an! Ich schwöre Ihnen: wenn ich einmal in der Lage sein werde, zu heiraten, so werden nur Sie und keine andere mein Glück ausmachen! Hören Sie: ich fahre jetzt nach Moskau und bleibe dort genau ein Jahr. Ich hoffe mir dort eine Lebensstellung zu schaffen. Wenn ich zurückkehre und Sie mich dann noch liebhaben, so werden wir zusammen glücklich werden; das schwöre ich Ihnen! Doch jetzt ist das ganz unmöglich, ich kann und darf Ihnen nichts versprechen. Doch ich sage es noch einmal: wenn nicht in einem Jahr, irgendeinmal wird uns das Glück doch noch blühen; selbstverständlich nur dann, wenn Sie mir nicht inzwischen einen andern vorgezogen haben würden; denn ich darf nicht und wage nicht, Sie mit einem Wort zu binden."

Das alles sagte er mir und reiste am nächsten Morgen ab. Wir hatten noch gemeinsam beschlossen, Großmutter kein Wort davon zu sagen. Er wollte es so. Nun ist meine Geschichte beinahe zu Ende. Das Jahr ist fast abgelaufen. Er ist zurückgekehrt und seit drei Tagen hier ... Und ..."

"Und was?" schrie ich beinahe laut auf, neugierig, das Ende zu erfahren.

"Und ist bis jetzt noch nicht gekommen!" brachte Nastenka mit großer Mühe hervor: "Hat nichts von sich hören lassen ..."

Sie hielt eine Weile inne, senkte den Kopf, bedeckte das Gesicht mit den Händen und begann so bitter zu schluchzen, daß sich mein Herz zusammenkrampfte.

Ein solches Ende hatte ich wirklich nicht erwartet.

"Nastenka!" begann ich mit leiser, einschmeichelnder Stimme: "Nastenka, um Gottes willen, weinen Sie doch nicht! Woher wissen Sie es? Vielleicht ist er noch gar nicht hier ..."

"Er ist hier! Er ist hier!" fiel mir Nastenka erregt ins Wort: "Er ist hier, ich weiß es! Wir hatten es noch damals, am Abend vor seiner Abreise abgemacht. Als wir uns alles gesagt hatten, was ich Ihnen eben wiedererzählte, kamen wir her, an diese Stelle. Es war zehn Uhr abends; wir saßen hier auf dieser Bank; ich weinte nicht mehr, es war mir so süß, seinen Worten zuzuhören ... Er sagte, daß er gleich nach seiner Rückkehr zu uns kommen wollte, und wir dann alles der Großmutter erzählen würden, wenn ich mich nur bis dahin von ihm nicht lossagte. Nun ist er zurückgekehrt, ich weiß es ganz bestimmt, und ließ sich bei uns noch immer nicht sehen!"

Und sie brach von neuem in Tränen aus.

"Mein Gott! Kann ich Ihnen denn gar nicht helfen?" rief ich ganz verzweifelt und sprang von der Bank auf. "Sagen Sie, Nastenka: geht es nicht, daß ich ihn aufsuche und mit ihm spreche?"

"Geht denn das?" fragte sie, plötzlich aufhorchend.

"Nein, natürlich geht das nicht!" antwortete ich nach rascher Überlegung. "Aber etwas anderes: schreiben Sie ihm doch einen Brief!"

"Nein, das ist unmöglich, ganz unmöglich!" erwiderte sie sehr entschieden. Sie ließ schon wieder den Kopf sinken und sah mich nicht an.

"Warum unmöglich? Warum ginge das nicht?" fuhr ich fort, krampfhaft an meiner Idee festhaltend. "Wissen Sie, Nastenka, was für einen Brief ich meine? Es gibt Briefe und Briefe ... Ach, Nastenka, das wäre wirklich das Beste! Vertrauen Sie sich mir nur an! Ich will Ihnen doch keinen schlechten Rat geben! Das läßt sich wirklich machen! Sie haben ja den ersten Schritt getan, und jetzt auf einmal ..."

"Es geht nicht! Es geht nicht! Es würde so aussehen, als ob ich mich ihm aufdrängte ..."

"Meine gute Nastenka!" unterbrach ich sie, ohne mein Lächeln zu verbergen. "Es würde gar nicht so aussehen! Denn schließlich sind Sie im Recht, wenn er Ihnen das Versprechen gegeben hat. Ich sehe ja auch aus allem, was Sie mir erzählten, daß er ein durchaus anständiger Mensch ist und sich Ihnen gegenüber durchaus ehrenhaft benommen hat." Ich war von der Logik meiner eigenen Gründe und Beweise schon ganz hingerissen. "Was hat er getan? Er hat sich durch ein Versprechen gebunden. Er hat doch gesagt, daß er keine andere als Sie nehmen werde, wenn er überhaupt einmal heiratete. Ihnen hat er aber volle Freiheit gelassen, so daß Sie sich von ihm jeden Augenblick lossagen konnten ... In diesem Falle dürfen Sie wohl den ersten Schritt tun; Sie sind im Recht und haben den Vorteil, daß Sie ihm, zum Beispiel, sein Wort, mit dem er sich selbst gebunden, zurückgeben können ..."

"Sagen Sie, wie würden Sie schreiben?"

"Was schreiben?"

"Nun, den Brief."

"Ich würde so schreiben: "Sehr geehrter Herr" ..."

"Muß man mit dieser Anrede anfangen?"

"Unbedingt! Übrigens ... Ich glaube ..."

"Nun gut! Weiter!"

""Sehr geehrter Herr! Entschuldigen Sie, wenn ich ..." Nein, Sie haben sich gar nicht zu entschuldigen! Die Tatsache selbst entschuldigt Sie. Schreiben Sie einfach so: "Ich schreibe Ihnen. Verzeihen Sie meine Ungeduld; doch ich lebte ein ganzes Jahr in Hoffnung und war glücklich. Bin ich schuld, daß ich jetzt keinen Tag des Zweifels ertragen kann? Nun sind Sie zurückgekehrt, haben aber vielleicht Ihre Absichten geändert. In diesem Falle soll mein Brief Ihnen sagen, daß ich nicht klage und Ihnen nichts vorwerfe. Ich kann Sie doch nicht dafür verantwortlich machen, daß ich keine Gewalt mehr über Ihr Herz habe; so ist schon einmal mein Schicksal!

Sie sind ein edler Mensch. Sie werden über meine ungeduldigen Zeilen weder lächeln noch sich ärgern. Vergessen Sie nicht, daß es nur ein armes Mädchen ist, das Ihnen schreibt, daß es ganz einsam ist und niemanden hat, den es um Rat und Beistand bitten könnte, und daß es niemals fähig war, ihr eigenes Herz zu beherrschen. Doch verzeihen Sie, wenn ich in mir auch nur für einen Augenblick Zweifel aufkommen ließ. Sie sind nicht einmal in Gedanken fähig, die zu beleidigen, die Sie so liebte und noch jetzt liebt.""

"Ja, ja! So habe ich es mir auch gedacht!" rief Nastenka, und Freude leuchtete aus ihren Augen. "Ja, Sie haben alle meine Zweifel gelöst, Gott selbst hat Sie mir gesandt! Ich danke Ihnen, ich danke!"

"Wofür? Dafür, daß mich Gott gesandt hat?" fragte ich, ihr freudestrahlendes Gesichtchen mit Entzücken betrachtend.

"Ja, meinetwegen dafür!"

"Ach Nastenka! Wir sind ja wirklich einem Menschen manchmal nur dafür dankbar, daß er in unserer Nähe lebt. Auch ich bin Ihnen dankbar dafür, daß wir uns begegnet sind, dafür, daß ich nun mein Leben lang an Sie denken werde!"

"Nun genug! Ich muß Ihnen noch etwas sagen: Wir haben damals ausgemacht, daß er gleich nach seiner Rückkehr mir Nachricht gibt, und zwar durch einen Brief, den er bei meinen Bekannten, guten und einfachen Leuten, die von der ganzen Sache nichts wissen, für mich abgibt; und wenn es ihm unmöglich sein sollte, mir einen Brief zu schreiben, weil man in einem Briefe doch nicht alles aussprechen kann, so wollte er gleich am Tage seiner Ankunft um punkt zehn Uhr abends hierher kommen, wo wir uns also treffen würden. Daß er zurückgekehrt ist, weiß ich bestimmt; und nun sind schon drei Tage vergangen, und er hat mir weder einen Brief geschickt, noch ist er selbst hergekommen. Am Vormittag kann ich unmöglich von Großmutter abkommen. Darum bitte ich Sie, Sie möchten selbst den Brief morgen zu den guten Leuten bringen, von denen ich eben sprach und die ihn dann weitergeben werden. Und wenn eine Antwort darauf kommt, so möchten Sie sie morgen abends um zehn Uhr hierher bringen."

"Aber der Brief selbst! Der muß ja erst noch geschrieben werden! Die Antwort kann also doch frühestens übermorgen kommen!"

"Ja, der Brief ..." versetzte Nastenka etwas verlegen. "Der Brief ... aber ..."

Sie sprach den Satz nicht zu Ende. Sie wandte ihr Gesichtchen etwas weg, wurde rot wie eine Rose, und plötzlich fühlte ich in meiner Hand einen Brief, den sie wohl schon längst geschrieben und versiegelt hatte. Eine alte, liebe, anmutige Erinnerung ging mir durch den Kopf!

"R, o – Ro, s, i – si, n, a – na!" begann ich.

"Rosina!" sangen wir beide: ich, sie vor Entzücken beinahe umarmend, sie – noch mehr errötend und durch Tränen, die wie Perlen an ihren dunklen Wimpern glänzten, lachend.

"Nun ist's genug, genug! Leben Sie wohl!" sagte sie hastig. "Sie haben also den Brief und die Adresse, wo Sie ihn abgeben sollen. Leben Sie wohl! Auf Wiedersehen morgen!"

Sie drückte mir fest beide Hände, nickte mir zu und lief wie ein Pfeil in ihre Seitengasse. Ich blieb noch lange stehen und begleitete sie mit den Blicken.

"Also morgen! Morgen!" sagte ich mir, als sie meinen Blicken entschwunden war.

Die dritte Nacht

Heute war ein trauriger, regnerischer Tag, so trostlos, wie das mich erwartende Alter. Mich bedrücken jetzt so seltsame Gedanken und dunkle Gefühle, und in meinem Kopfe drängen sich so viele für mich noch unklare Fragen, – und doch habe ich weder die Kraft, noch den Wunsch, sie zu lösen. Wie könnte ich sie auch lösen!

Heute werden wir uns nicht wiedersehen. Als wir uns gestern abends verabschiedeten, begann sich der Himmel zu bewölken, und ein Nebel stieg auf. Ich sagte noch, daß wir heute einen schlechten Tag haben werden; sie erwiderte darauf nichts, denn sie wollte nicht gegen ihre Überzeugung sprechen: für sie ist dieser Tag leicht und heiter, und ihr Glück von keiner Wolke bedroht.

"Wenn es regnet, werden wir uns nicht sehen!" sagte sie: "Dann komme ich nicht!"

Ich erwartete, daß sie den heutigen Regen gar nicht bemerken würde, sie kam aber wirklich nicht.

Gestern war unser drittes Beisammensein, unsere dritte weiße Nacht ...

Wie doch Freude und Glück einen Menschen schön machen! Wie glüht das Herz in Liebe! Man will sein Herz gleichsam in das Herz des andern ausschütten, man will, daß alles froh sei und lache! Und wie ansteckend ist diese Freude: In ihren Worten lag gestern solche Zärtlichkeit zu mir, und in ihrem Herzen soviel Güte! ... Wie sie mir den Hof machte, wie freundlich sie zu mir war, wie sie mein Herz ermutigte und umschmeichelte! Wie kokett wird man doch im Glück! Und ich ... Ich nahm alles für bare Münze, ich glaubte, daß sie ...

Mein Gott, wie durfte ich das glauben? Wie konnte ich so blind sein, wo ich wußte, daß alles einem andern und nicht mir gehört, wo selbst ihre ganze Zärtlichkeit, ihre Besorgtheit um mich, ihre Liebe ... ja, ihre Liebe zu mir! – nichts anderes war, als die Freude über das nahende Wiedersehen mit dem andern, als der Wunsch, auch mich mit ihrer Glückseligkeit anzustecken? ... Und als er nicht gekommen war, als wir vergebens gewartet hatten, da wurde sie doch traurig, scheu und ängstlich. Alle ihre Bewegungen und Worte waren auf einmal nicht mehr so leicht, spielerisch und freudig wie früher. Und seltsam: sie verdoppelte ihre Aufmerksamkeit gegen mich, als ob sie mir instinktiv das geben wollte, was sie sich selbst ersehnte und worum sie bangte, daß es vielleicht nicht eintreffen werde. Meine Nastenka war so entmutigt und verängstigt, daß sie schließlich einsah, wie sehr ich sie liebte; und sie hatte Mitleid mit meiner unglücklichen Liebe. Wenn wir unglücklich sind, empfinden wir fremdes Leid stärker; unser Gefühl zerstreut sich dann nicht so, sondern wird konzentrierter ...

Ich kam also gestern zum Stelldichein mit übervollem Herzen und konnte sie kaum erwarten. Ich ahnte noch gar nicht, was ich später empfinden würde und daß alles anders enden sollte, als ich gedacht hatte. Sie strahlte vor Freude, denn sie erwartete seine Antwort. Die Antwort sollte er selbst sein: er sollte ja kommen, auf ihren Ruf herbeieilen. Sie kam um eine ganze Stunde früher als ich. Anfangs war sie ganz ausgelassen und lachte über alles und über jedes Wort, das ich sprach. Ich versuchte mit ihr ernst zu sprechen, mußte es aber aufgeben. "Wissen Sie, warum ich so lustig bin?" fragte sie: "Warum ich mich freue, wenn ich Sie bloß ansehe? Warum ich Sie heute so liebe?"

"Nun?" fragte ich mit bebendem Herzen.

"Ich liebe Sie, weil Sie sich in mich nicht verliebt haben. Jeder andere an Ihrer Stelle würde wohl zudringlich werden, würde schmachten, stöhnen und mich beunruhigen; doch Sie sind so nett!"

Sie drückte meine Hand so fest zusammen, daß ich fast aufschrie. Sie lachte. Nach einer Minute begann sie sehr ernst:

"Mein Gott! Was für ein guter Freund Sie sind! Ja, Sie sind mir wirklich von Gott gesandt! Wie stünde ich jetzt da, wenn ich Sie nicht hätte! Wie uneigennützig Sie sind! Wie gütig ist Ihre Liebe zu mir! Wenn ich einmal verheiratet bin, werden wir beide Freunde sein, mehr als Geschwister! Ich werde Sie fast ebenso lieben, wie ihn ..."

In diesem Augenblick wurde mir so seltsam traurig zumute; dabei regte sich aber in meiner Seele etwas wie Lachen.

"Sie sind zu sehr erregt," sagte ich, "Sie haben Angst: Sie fürchten, daß er nicht kommt."

"Was fällt Ihnen ein!" antwortete sie. "Wenn ich jetzt nicht so glücklich wäre, so müßte ich weinen, weil Sie mich mißverstehen und mir Vorwürfe machen! Sie haben mich übrigens auf einen Gedanken gebracht, ich werde darüber später nachdenken ... Jetzt will ich nur gestehen, daß Sie vielleicht auch recht haben: Ja, ich bin wirklich ganz aus Rand und Band; ich bin ganz Erwartung und nehme daher alles zu leicht. Genug davon, wollen wir doch nicht mehr von Gefühlen sprechen ..."

In diesem Augenblick ließen sich Schritte vernehmen, und in der Dunkelheit zeigte sich eine Gestalt, die sich uns zu nähern schien. Wir beide begannen zu zittern; sie schrie fast auf. Ich ließ ihre Hand aus der meinigen los und machte eine Bewegung, als ob ich mich zurückziehen wollte. Doch wir hatten uns getäuscht: es war nicht er.

"Was fürchten Sie? Warum zogen Sie Ihre Hand zurück?" fragte sie, sie mir wieder gebend. "Was ist denn? Wir wollen ihn doch gemeinsam erwarten? Ich will, daß er sieht, wie wir einander lieben!"

"Wie wir einander lieben!" rief ich aus.

Oh Nastenka, Nastenka! – sagte ich zu mir selbst: – wieviel hast du mir mit diesem Worte gesagt! Vor solcher Liebe erkaltet manchmal das Herz, und die Seele wird matt und traurig. Deine Hand ist kalt, die meinige ist fiebernd heiß. Wie blind du bist, Nastenka! Wie unerträglich ein glücklicher Mensch manchmal sein kann! Doch ich kann dir nicht zürnen! ...

Schließlich mußte mein Herz überfließen, und ich rief:

"Hören Sie, Nastenka! Wissen Sie, wie ich den heutigen Tag verbracht habe?"

"Nun wie, wie denn? Erzählen Sie es rasch! Warum haben Sie bisher geschwiegen?"

"Zunächst habe ich also alle Ihre Bestellungen ausgeführt, habe den Brief abgegeben, Ihre Bekannten besucht; und dann ... dann ging ich nach Hause und legte mich schlafen."

"Ist das alles?" unterbrach Sie mich lachend.

"Ja, das ist beinahe alles," erwiderte ich mit großer Selbstüberwindung, denn törichte Tränen wollten mir in die Augen treten. "Eine Stunde vor dem verabredeten Stelldichein erwachte ich, es war mir aber, als ob ich gar nicht geschlafen hätte. Ich weiß nicht, was mit mir vorging. Ich ging her, um Ihnen das alles zu erzählen; es war mir, als wäre die Zeit stehen geblieben, als müßte eine gewisse Empfindung in mir von nun an ewig dauern, als müßte dieser Augenblick zu einer Ewigkeit erstarren und mein ganzes Leben stille stehen ... Als ich erwachte, war es mir, als ob ich mich an eine alte Melodie, die ich einmal irgendwo gehört und nachher vergessen hatte, wieder erinnerte. Es war mir, als ob diese Melodie mein Leben lang aus meiner Seele hinaus wollte, und erst jetzt ..."

"Mein Gott!" unterbrach mich Nastenka. "Was wollen Sie damit sagen? Ich verstehe ja kein Wort!"

"Ach Nastenka! Ich wollte ja nur diese seltsame Empfindung wiedergeben ..." begann ich mit weinerlicher Stimme, in der noch eine, wenn auch sehr schwache Hoffnung bebte.

"Lassen Sie es! Genug!" fiel sie mir ins Wort. In einem Augenblick hatte sie mich durchschaut, die Schelmin!

Plötzlich wurde sie ungewöhnlich gesprächig, lustig und ausgelassen. Sie nahm meinen Arm, lachte, verlangte von mir, daß auch ich lache und beantwortete jedes verlegene Wort, das ich sprach, mit hellem, nicht enden wollendem Lachen ... Ich fing an ärgerlich zu werden; nun kokettierte sie plötzlich:

"Hören Sie einmal," sagte sie: "eigentlich ärgere ich mich, daß Sie sich in mich nicht verliebt haben. Da soll man sich noch in einem Menschen auskennen! Und doch müssen Sie, mein gestrenger Herr, lobend anerkennen, daß ich mich so einfach gebe. Ich erzähle Ihnen ja alles, sage alles, was mir für Dummheiten auch in den Sinn kommen."

"Hören Sie? Ich glaube, es schlägt elf!" unterbrach ich sie, als sich von einem fernen Uhrturm abgemessene Glockentöne vernehmen ließen. Sie hielt plötzlich inne, lachte nicht mehr und zählte die Glockenschläge.

"Ja, es ist elf!" sagte sie schließlich mit zaghafter, unsicherer Stimme.

Ich bereute sofort, daß ich sie so erschreckte, indem ich sie die Glockenschläge zählen ließ, und ich verwünschte meinen Anfall von Bosheit. Sie tat mir leid, und ich wußte gar nicht, wie ich mein Vergehen wieder gut machen sollte. Ich begann sie zu trösten und Erklärungen, Gründe und Beweise für sein langes Ausbleiben zu erfinden. Niemand ließe sich leichter betrügen als sie in diesem Augenblick; in ähnlicher Lage ist ja jeder Mensch für Trost empfänglich und froh, wenn man ihm auch nur den Schatten einer Rechtfertigung vorbringt.

"Ihre Aufregung ist wirklich lächerlich," sagte ich, immer mehr in Ekstase kommend und von der Klarheit meiner eigenen Beweise entzückt: "Er konnte ja heute überhaupt noch nicht kommen; Sie haben auch mich verführt und verwirrt, so daß ich aus jeder Zeitrechnung herausgekommen bin ... Bedenken Sie doch selbst: den Brief hat er ja erst eben bekommen; setzen Sie den Fall, daß er aus irgendeinem Grunde nicht kommen konnte und Ihnen auch sofort geschrieben hat, daß er verhindert ist. Diese Antwort kann aber frühestens morgen kommen. Ich will morgen in aller Frühe den Brief abholen gehen und Ihnen dann sofort Nachricht geben. Sie können sich tausend Möglichkeiten denken: zum Beispiel, daß er nicht zu Hause war, als der Brief kam, so daß er ihn noch gar nicht gelesen hat. Es ist ja alles möglich."

"Ja, ja!" fiel mir Nastenka ins Wort. "Ich habe daran gar nicht gedacht! Es ist ja wirklich alles möglich," fuhr sie mit nachgiebiger Stimme fort, in der aber, wie ein ärgerlicher Mißton, auch ein anderer entfernter Gedanke zu hören war. "Ich bitte Sie also folgendes zu tun: gehen Sie morgen in aller Frühe hin, und wenn Sie etwas von ihm vorfinden, geben Sie mir sofort Nachricht. Sie wissen ja, wo ich wohne?" Und sie sagte mir noch einmal ihre Adresse.

Dann wurde sie plötzlich so zärtlich, so lieb zu mir ... Sie schien aufmerksam allen meinen Worten zu lauschen; doch als ich mich an sie mit irgendeiner Frage wandte, gab sie keine Antwort, wurde verlegen und wandte ihr Köpfchen weg. Ich blickte ihr in die Augen; ich hatte mich nicht getäuscht: sie weinte.

"Wie können Sie nur? Ach was für ein Kind Sie noch sind! Ein kleines Kind! ... Hören Sie doch auf!"

Sie versuchte zu lächeln und ruhig zu erscheinen, doch ihr Kinn zitterte noch immer und ihre Brust wogte.

"Ich denke eben über Sie," sagte sie nach kurzem Schweigen. "Sie sind so gütig, daß ich aus Stein sein müßte, um es nicht zu fühlen. Wissen Sie, was mir eben durch den Kopf geht? Ich habe Sie beide verglichen. Warum ist er nicht Sie? Warum ist er nicht so wie Sie? Er ist schlechter als Sie, und doch liebe ich ihn mehr."

Ich sagte darauf nichts. Sie erwartete aber wohl, daß ich etwas sage.

"Es ist allerdings möglich," sagte sie fortfahrend, "daß ich ihn noch nicht genügend kenne und nicht recht verstehe. Wissen Sie: es ist mir, als hätte ich ihn immer gefürchtet; er war stets so ernst und stolz. Ich weiß natürlich, daß es nur der äußere Eindruck war, und daß in seinem Herzen mehr Zärtlichkeit wohnte als im meinigen ... Ich weiß noch, wie er mich ansah, als ich, Sie wissen noch? – mit meinem Bündel zu ihm kam? und doch habe ich etwas zu viel Achtung vor ihm. Und das bedeutet doch, daß wir uns nicht als gleiche gegenüberstehen?"

"Nein, Nastenka," erwiderte ich, "nein, das bedeutet nur, daß Sie ihn mehr als alles in der Welt lieben und sogar mehr als sich selbst."

"Gut, nehmen wir an, daß es so ist," sagte Nastenka ganz naiv: "Wissen Sie, was ich Ihnen noch sagen will? Das bezieht sich gar nicht auf ihn, ich spreche nur so ganz allgemein; ich habe schon oft darüber nachgedacht. Sagen Sie mir, warum sind nicht alle Menschen wie Geschwister zueinander? Warum verheimlicht und verschweigt auch der beste Mensch immer etwas vor dem andern? Warum sagt man nicht ganz offen, was man auf dem Herzen hat, wenn man weiß, daß man nicht in den Wind spricht? So bemüht sich aber jeder Mensch ernster und verschlossener zu erscheinen, als er in Wirklichkeit ist: er glaubt wohl seine Gefühle zu entweihen, wenn er sie gar zu schnell und offen ausspricht ..."

"Ja, Nastenka, Sie haben recht! Das hat aber verschiedene Ursachen," unterbrach ich sie: in diesem Augenblick mußte ich mich selbst mehr als je zusammennehmen, um meine wahren Gefühle zu verbergen.

"Nein, nein!" entgegnete sie tief ergriffen. "Sie zum Beispiel sind doch ganz anders! Ich weiß wirklich nicht, wie ich Ihnen sagen soll, was ich empfinde; doch ich habe den Eindruck, daß Sie zum Beispiel ... jetzt, gerade jetzt, mir ein Opfer bringen." Sie streifte mich mit einem schüchternen Blick. "Verzeihen Sie, daß ich so spreche: ich bin ein einfaches Mädchen und habe wenig im Leben gesehen; daher kann ich manchmal nicht die richtigen Ausdrücke finden ..." Ihre Stimme zitterte von einem verhaltenen Gefühl, doch sie gab sich Mühe zu lächeln. "Ich wollte Ihnen nur sagen, daß ich Ihnen dankbar bin, daß ich Sie verstehe ... Möge Ihnen Gott dafür viel Glück geben! Alles, was Sie mir neulich von Ihrem Träumer erzählten, ist gar nicht wahr; ich will viel mehr sagen, daß es mit Ihnen nichts zu tun hat. Sie fangen an zu genesen und sind wirklich schon ein ganz anderer Mensch, als wie Sie sich schilderten. Wenn Sie einmal eine andere liebgewinnen, so mögen Sie mit ihr glücklich werden! Doch der, die Sie lieben werden, brauche ich nichts zu wünschen, denn sie wird mit Ihnen ohnehin glücklich sein. Ich weiß es, weil ich selbst ein Weib bin, und Sie müssen mir glauben, wenn ich so spreche ..."

Sie schwieg und drückte mir fest die Hand. Auch ich war so erregt, daß ich kein Wort hervorbringen konnte ... So vergingen einige Minuten.

"Heute wird er wohl nicht mehr kommen!" sagte sie schließlich und hob den Kopf. "Es ist zu spät!" "Er wird morgen kommen!" sagte ich bestimmt und überzeugend.

"Jetzt sehe ich selbst," sagte sie wieder ermutigt, "daß er erst morgen kommen kann. Also auf Wiedersehen morgen! Wenn es morgen regnet, komme ich wahrscheinlich nicht. Doch übermorgen komme ich ganz bestimmt und in jedem Fall; kommen Sie bitte unbedingt her. Ich muß Sie sehen, ich will Ihnen alles erzählen."

Und später, als wir uns verabschiedeten, reichte sie mir wieder die Hand und sagte, mich mit klaren Augen anblickend:

"Nun bleiben wir für immer beisammen, nicht wahr?"

Oh, Nastenka, Nastenka, wenn du nur wüßtest, wie einsam ich mich heute fühle!

Als es neun Uhr schlug, konnte ich es trotz des Regens, in meinem Zimmer nicht länger aushalten; ich kleidete mich an und ging hin. Ich bin dort gewesen und war auf unserer Bank gesessen. Ich ging sogar in ihre Nebengasse; doch unterwegs begann ich mich zu schämen: ich kehrte, nur zwei Schritte von ihrem Hause, um, und sah nicht einmal zu ihren Fenstern hinauf. Ich kam nach Hause so traurig, wie ich es noch niemals war. Diese feuchte, langweilige Witterung! Wäre das Wetter besser, so ginge ich wohl die ganze Nacht durch die Straßen ...

Doch morgen, morgen! Morgen werde ich von ihr alles erfahren!

Ein Brief kam heute übrigens nicht. Das ist wohl ganz in Ordnung. Sie haben sich doch schon inzwischen gesehen ...

Die vierte Nacht

Mein Gott, was für ein Ende! Was für ein Ende!

Als ich um neun Uhr kam, war sie schon da. Ich bemerkte sie schon von weitem: sie stand wie bei unserer ersten Begegnung ans Geländer gelehnt und hörte gar nicht, wie ich mich ihr näherte.

"Nastenka!" rief ich sie an, mit Mühe meine Erregung bezwingend.

Sie wandte sich rasch nach mir um.

"Nun?" fragte sie, "nun? Schneller!"

Ich blickte sie verständnislos an.

"Wo ist denn der Brief? Haben Sie den Brief gebracht?" fragte sie, sich am Geländer festhaltend.

"Nein," sagte ich, "ich habe gar keinen Brief. Ist er denn noch nicht selbst hier gewesen?"

Sie wurde entsetzlich blaß und sah mich lange unverwandt an. Ich hatte ihr ihre letzte Hoffnung genommen.

"Soll er nur gehen!" brachte sie schließlich mit gebrochener Stimme hervor. "Gott sei mit ihm! Wenn er mich so verläßt."

Sie senkte die Augen; dann wollte sie sie heben, um mich anzuschauen, konnte es aber nicht. Noch einige Augenblicke kämpfte sie mit ihrer Erregung; schließlich gab sie den Kampf auf, wandte sich weg, stützte sich auf das Geländer und begann zu weinen.

"Weinen Sie nicht! Weinen Sie nicht!" fing ich an, hatte aber nicht die Kraft, fortzufahren, als ich sie in solchem Kummer sah; was hätte ich ihr auch sagen können?

"Versuchen Sie mich nicht zu trösten," sagte sie, immer noch weinend. "Sprechen Sie nicht von ihm, sagen Sie mir nicht, daß er noch kommen wird, daß er mich gar nicht verlassen hat, so grausam, so unmenschlich, wie er das getan hat. Und warum, warum? War denn etwas in meinem Brief, in jenem unglückseligen Brief, was ihm den Grund dazu geben könnte?"

Tränen erstickten ihre Stimme; das Herz zerriß mir, wie ich sie so sah.

"Oh, wie unmenschlich grausam!" begann sie wieder. "Und keine Zeile, keine einzige Zeile! Wenn er mir wenigstens geschrieben hätte, daß er mich nicht mehr brauche, daß er sich von mir lossage; er läßt mich aber drei Tage warten und schreibt nicht eine einzige Zeile! Wie leicht ist es doch für ihn, ein armes, schutzloses Mädchen zu verletzen, dessen einzige Schuld es ist, daß sie ihn liebt! Was ich in diesen drei Tagen alles durchgemacht habe! Mein Gott! Mein Gott! Wenn ich nur daran denke, daß ich den ersten Schritt machte, als ich damals zu ihm hinaufging, daß ich mich vor ihm so erniedrigte und ihn weinend um ein wenig Liebe anflehte ... Und jetzt ..." Sie wandte ihr Gesicht mir wieder zu, und ihre schwarzen Augen leuchteten: "Es ist doch nicht so! Es kann nicht sein! Das wäre unnatürlich! Entweder Sie haben sich getäuscht, oder ich; vielleicht hat er meinen Brief gar nicht bekommen? Vielleicht weiß er bis jetzt von nichts? Wie kann man denn, – urteilen Sie selbst, sagen Sie es mir, denn ich verstehe es einfach nicht! – wie kann man denn an einem Menschen so barbarisch roh handeln, wie er an mir? Nicht eine Zeile! Man hat doch mit dem verworfensten Menschen auf der Welt mehr Mitleid, als er mit mir! Vielleicht hat er etwas über mich gehört, vielleicht hat mich jemand vor ihm verleumdet?" Die letzten Worte schrie sie beinahe. "Nun, was glauben Sie?"

"Hören Sie, Nastenka, ich will morgen zu ihm gehen und mit ihm in Ihrem Namen sprechen."

"Nun, und?"

"Und ich werde ihn ausfragen und ihm alles erzählen."

"Und weiter?"

"Schreiben Sie einen Brief. Sagen Sie nicht nein, Nastenka! Sagen Sie nicht nein! Ich werde ihn zwingen, Ihre Handlungsweise zu achten, er wird alles erfahren, und wenn ..."

"Nein, mein Freund, nein!" unterbrach sie mich. "Es ist genug! Er bekommt kein Wort von mir zu hören, nicht eine halbe Zeile, es ist genug! Ich kenne ihn nicht, ich liebe ihn nicht mehr, ich werde ihn ver-ges-sen ..."

Sie kam nicht weiter.

"Beruhigen Sie sich, beruhigen Sie sich! Setzen Sie sich her, Nastenka!" Ich nötigte sie zum Sitzen.

"Ich bin ja ruhig. Was denken Sie? Das war eben nur so ... Die Tränen trocknen ja bald. Glauben Sie denn wirklich, daß ich mich zugrunde richten will, daß ich ins Wasser gehe? ..."

Mein Herz war übervoll. Ich wollte ihr etwas sagen, konnte aber kein Wort hervorbringen.

"Hören Sie doch!" fuhr sie fort, meine Hand ergreifend. "Sagen Sie: Sie würden doch nicht so handeln? Sie hätten doch die, die als erste zu Ihnen kam, nicht so schmählich verlassen und nicht so schamlos über ihr schwaches, törichtes Herz gelacht?! Sie hätten sie doch geschont? Sie hätten doch daran gedacht, daß sie so einsam war, daß sie sich nicht beherrschen konnte und sich vor ihrer Liebe zu Ihnen nicht in acht zu nehmen verstand, daß sie ganz schuldlos war ... und nichts verbrochen hat ... Ach mein Gott, mein Gott ..."

"Nastenka!" schrie ich auf, denn ich konnte meine Erregung nicht mehr bemeistern. "Nastenka! Sie martern mich ja! Sie verwunden mein Herz, Sie morden mich! Nastenka, ich kann nicht länger schweigen! Ich muß endlich sprechen und alles sagen, was sich aus meinem Herzen drängt!"

Bei diesen Worten erhob ich mich von der Bank.

Sie ergriff wieder meine Hand und blickte mich erstaunt an.

"Was ist mit Ihnen?" fragte sie endlich.

"Hören Sie!" sagte ich sehr entschieden. "Hören Sie, Nastenka! Was ich Ihnen sagen werde, ist unsinnig, unmöglich, töricht! Ich weiß, daß es ganz unmöglich ist, und doch kann ich nicht schweigen. Bei allen Leiden, die Sie jetzt tragen, beschwöre ich Sie, es mir zu verzeihen!"

"Aber was denn? Was?" fragte sie einigemal. Sie weinte nicht mehr und starrte mich mit seltsamer Neugierde an. "Was haben Sie?"

"Es ist unmöglich, doch ich liebe Sie, Nastenka! Das ist alles, was ich sagen wollte! Nun ist es heraus!" Ich winkte mit der Hand wie einer, der gar keine Hoffnung mehr hat. "Urteilen Sie jetzt selbst, ob Sie mit mir so sprechen dürfen, wie Sie eben sprachen, und ob Sie das anhören können, was ich Ihnen gleich sagen werde ..."

"Was denn? Was?" unterbrach sie mich. "Was ist denn dabei? Ich wußte ja schon längst, daß Sie mich lieben, ich glaubte aber immer, daß Sie mich nur so, einfach so ... liebten ... Ach mein Gott, mein Gott!"

"Anfangs liebte ich Sie auch einfach so, Nastenka; doch jetzt, jetzt ... Ich stehe vor Ihnen ebenso da, wie Sie vor ihm dastanden, als Sie zu ihm mit Ihrem Bündel kamen. Und meine Lage ist noch schlimmer, denn er liebte doch damals niemanden, und Sie lieben ihn."

"Was sagen Sie da? Nun verstehe ich Sie gar nicht mehr! Aber hören Sie, wozu, ich will sagen warum, fangen Sie jetzt damit an? Und so plötzlich ... Mein Gott! Ich spreche ja Unsinn! Doch Sie ..."

Nastenka wurde auf einmal ganz verwirrt. Ihre Wangen glühten, und sie schlug die Augen nieder.

"Was soll ich denn tun, Nastenka, was soll ich tun? Ich bin schuld, ich habe Ihr Vertrauen mißbraucht ... Doch nein, nein! Ich bin nicht schuld, Nastenka; ich fühle es, und mein Herz sagt es mir, daß ich schuldlos bin, weil ich Sie doch nicht verletzen oder kränken will! Ich bin Ihr Freund gewesen; ich bin es auch jetzt; ich bin nicht untreu geworden. Nun kommen mir die Tränen, Nastenka. Sollen sie nur fließen, sie stören ja niemanden, sie werden trocknen, Nastenka ..."

"Setzen Sie sich doch, setzen Sie sich! Ach mein Gott!"

"Nein, Nastenka! Ich werde mich nicht setzen: ich kann nicht sitzen; ich kann auch nicht mehr wiederkommen, Sie werden mich nicht mehr sehen: ich will Ihnen alles sagen und dann fortgehen. Ich will Ihnen sagen, daß Sie niemals etwas davon erfahren sollten, daß ich Sie liebe. Ich hätte mein Geheimnis in meinem Herzen bewahrt. Ich hätte nicht angefangen, Sie jetzt, in einem solchen Augenblick mit meinen egoistischen Ergüssen zu quälen. Nein, das hätte ich nicht getan! Doch ich konnte es nicht länger aushalten; und Sie haben selbst die Rede darauf gebracht, Sie sind schuld, Sie sind an allem schuld, und nicht ich! Sie können mich nicht so von sich jagen ..."

"Aber nein, nein, ich jage Sie ja gar nicht fort!" sagte Nastenka. Die Arme gab sich die größte Mühe, ihre Verwirrung zu verbergen.

"Sie jagen mich nicht weg? Nein? Und ich war eben selbst im Begriff, von Ihnen fortzulaufen. Ich werde auch wirklich fortgehen; zuvor will ich aber doch alles sagen, was ich auf dem Herzen habe; denn als Sie hier sprachen, und ich nicht ruhig auf meinem Platz sitzen konnte, als Sie weinten und sich quälten, weil ... (ich will es nun aussprechen, Nastenka!) weil man Sie verstoßen und Ihre Liebe zurückgewiesen hat, da fühlte ich, da merkte ich, daß mein Herz voller Liebe zu Ihnen ist! Und das Bewußtsein, Ihnen mit dieser Liebe nicht helfen zu können, brannte mir so auf dem Herzen, daß ichnicht schweigen konnte und sprechen mußte. Ich mußte sprechen, Nastenka! ..."

"Ja, ja! Fahren Sie nur fort, sprechen Sie nur so zu mir!" sagte Nastenka in unerklärlicher, heftiger Bewegung. "Es kommt ihnen wohl sonderbar vor, daß ich Ihnen das sage? Ich bitte Sie aber: sprechen Sie weiter! Ich werde es später erklären, werde alles sagen! ..."

"Sie haben Mitleid mit mir, Nastenka! Einfach Mitleid, liebe Freundin! Was verloren ist, ist verloren! Was gesagt ist, läßt sich nicht aus der Welt schaffen! Nicht wahr? Nun wissen Sie alles. Das ist also unser Ausgangspunkt. Es ist ja alles sehr schön, doch hören Sie weiter. Als Sie vorhin hier saßen und weinten, dachte ich mir (lassen Sie mich nur sagen, was ich dachte!) dachte ich, daß Sie ... (ich weiß, daß es nicht stimmt, Nastenka!) ich dachte, daß Sie ... daß Sie irgendwie, nun, auf irgendeine Weise, daß Sie ihn nicht mehr lieben. Und wenn das wirklich so wäre, – ich dachte es mir schon gestern und auch vorgestern, – so hätte ich es sicher erreicht, daß Sie mich liebgewinnen würden:

Sie haben es ja gesagt, Sie selbst haben es hier gesagt, daß Sie mich schon liebgewonnen hätten. Und weiter? Das ist beinahe alles, was ich sagen wollte; es bleibt nur noch zu sagen, was geschehen würde, wenn Sie mich nun wirklich liebgewönnen; nur das bliebe noch zu sagen, und nichts mehr! Hören Sie also, meine Freundin, denn Sie sind mir noch immer eine Freundin: ich bin ein einfacher, armer und unbedeutender Mensch, das tut übrigens nichts zur Sache! (ich sage immer etwas anderes, als ich sagen will; ich bin wohl zu aufgeregt); jedenfalls würde ich Sie so lieben, Nastenka, so lieben, daß, wenn Sie auch den, den ich nicht kenne, weiter liebten, meine Liebe Ihnen doch nicht zur Last fallen würde. Sie würden nur fortwährend wissen und fühlen, daß in Ihrer Nähe ein dankbares und warmes Herz pocht, das für Sie ... Ach Nastenka, Nastenka! Was haben Sie aus mir gemacht!"

"Weinen Sie nicht, ich will nicht, daß Sie weinen," sagte Nastenka und erhob sich schnell von der Bank. "Kommen Sie, stehen Sie auf und kommen Sie mit mir ... Doch weinen Sie nicht, weinen Sie nicht!" Sie wischte mir mit ihrem Taschentuch die Tränen aus den Augen. "Kommen Sie! Vielleicht werde ich Ihnen etwas sagen können ... Wenn er mich auch wirklich verlassen hat, wenn er mich vergessen hat, und wenn ich ihn auch noch immer liebe (ich will Sie ja nicht betrügen!) ... aber hören Sie mich an und antworten Sie mir! Wenn ich Sie liebgewonnen hätte, das heißt, ich setze nur den Fall ... Ach, mein lieber Freund! Wenn ich nur daran denke, wie ich Sie verletzt und mit Ihrer Liebe Spott getrieben habe, als ich Sie dafür lobte, daß Sie sich in mich nicht verliebt hätten ... Mein Gott! Wie habe ich das nicht vorausgesehen, wie konnte ich das nicht bemerken, wie dumm war ich; doch ... Nun habe ich mich entschlossen! Ich will Ihnen alles sagen ..."

"Hören Sie, Nastenka, wissen Sie was? Ich will von Ihnen fortgehen. Ich quäle Sie ja nur. Nun haben Sie gar Gewissensbisse und werfen sich vor, daß Sie mit mir Spott getrieben hätten; ich will aber nicht, ich will einfach nicht, daß Sie außer Ihrem Kummer ... Natürlich bin ich schuld, Nastenka ... Doch leben Sie wohl!"

"Hören Sie nur: können Sie warten?"

"Worauf warten?"

"Ich liebe ihn noch. Doch das wird vergehen, das muß vergehen, es kann nicht noch länger währen; es vergeht schon, ich fühle es. Wer kann wissen, vielleicht wird es noch heute ganz aufhören, denn ich hasse ihn, weil er mich verhöhnt hat, während Sie hier mit mir weinten; denn Sie würden mich nicht so verstoßen haben, wie er; denn Sie lieben mich, und er hat mich niemals geliebt; denn ... auch ich liebe Sie ... Ja, ich liebe Sie! Ich liebe Sie so, wie Sie mich lieben: ich habe es Ihnen ja auch früher gesagt, und Sie haben es gehört: ich liebe Sie, weil Sie besser sind als er, weil Sie edler sind, weil er ..."

Die Arme war so erregt, daß sie nicht weiter sprechen konnte. Sie lehnte ihr Köpfchen an meine Schulter, dann an meine Brust und begann bitterlich zu weinen. Ich versuchte sie zu trösten, zu beruhigen, doch sie konnte nicht mehr aufhören. Sie drückte mir fortwährend die Hand und stammelte unter Tränen: "Warten Sie, warten Sie, ich höre gleich auf! Ich will Ihnen noch etwas sagen. Glauben Sie nur nicht, daß diese Tränen ... Es ist nur ein Anfall von Schwäche, warten Sie, es geht gleich vorüber ..." Endlich hörte sie auf, wischte sich die Tränen aus den Augen, und wir gingen weiter. Ich wollte mit ihr sprechen, doch sie bat mich immerwährend, noch etwas zu warten. Wir schwiegen beide ... Endlich nahm sie sich zusammen und begann mit schwacher, bebender Stimme, aus der aber plötzlich etwas Neues klang, was sich tief in mein Herz bohrte und darin ein unsagbar schmerzhaftes und zugleich süßes Gefühl weckte:

"Glauben Sie nur nicht, daß ich unbeständig und leichtsinnig bin; glauben Sie nicht, daß ich so leicht und schnell etwas vergesse und untreu werde ... Ich habe ihn ein ganzes Jahr geliebt, und ich schwöre bei Gott, daß ich ihm niemals, auch in Gedanken nicht, untreu war. Er hat meine Liebe mißachtet. Er hat mit mir Spott getrieben – mag er nun gehen, Gott mit ihm. Er hat mich aber auch tief verwundet und mein Herz verletzt... Ich ... ich liebe ihn nicht, denn ich kann nur einen Menschen lieben, der großmütig ist, der mich versteht und edel ist. Denn ich bin selbst so, und er ist meiner unwürdig, – Gott mit ihm! So ist es vielleicht auch besser, als wenn ich mich später in meinen Erwartungen betrogen gesehen und erfahren hätte, was für ein Mensch er ist ... Das ist ja klar! Doch wer kann wissen, mein guter Freund," setzte sie hinzu und drückte mir die Hand, "wer kann wissen, vielleicht war auch meine ganze Liebe zu ihm nur eine Sinnestäuschung und Einbildung? Vielleicht war sie nur deshalb aus einer Laune, aus einer Kinderei entstanden, weil ich von Großmutter so streng behütet wurde? Vielleicht sollte ich einen andern lieben und nicht ihn; einen Menschen, der mit mir Mitleid hat und ... und ... Doch genug davon, genug," unterbrach sich Nastenka plötzlich, vor Erregung kaum atmend. "Ich wollte Ihnen nur sagen ... ich wollte Ihnen nur sagen: wenn Sie, trotzdem ich ihn noch liebe, nein, geliebt habe, glauben ... wenn Sie fühlen, daß Ihre Liebe so groß ist, daß sie schließlich die frühere aus meinem Herzen verdrängen kann ... Wenn Sie mit mir Mitleid haben und mich nicht allein meinem Schicksal überlassen wollen, ohne Trost und ohne Hoffnung; wenn Sie mich immer so lieben wollen, wie jetzt, so schwöre ich Ihnen, daß meine Dankbarkeit ... daß meine Liebe der Ihrigen würdig sein wird ... Wollen Sie nun meine Hand?"

"Nastenka!" rief ich schluchzend und um Atem ringend aus. "Nastenka! O Nastenka!"

"Nun ist es genug! Wirklich genug!" brachte sie mit Anstrengung hervor. "Nun ist alles gesagt, nicht wahr? Ja? Nun sind Sie glücklich, und auch ich bin glücklich; also kein Wort mehr darüber! Haben Sie Geduld, schonen Sie mich ... Sprechen Sie doch von etwas anderm, um Gottes willen! ..."

"Ja, Nastenka, ja! Genug davon! Nun bin ich glücklich, ich ... Ja, wollen wir von etwas anderm sprechen, schnell von etwas anderm ... Ja, ich bin bereit. .."

Wir wußten nicht, wovon wir sprechen sollten, wir lachten und weinten, wir sagten tausend Worte ohne Zusammenhang und Inhalt; bald gingen wir auf dem Trottoir auf und ab, bald kehrten wir um und begannen die Straße zu durchqueren; dann blieben wir stehen und kehrten wieder auf den Kai zurück; wir waren wie Kinder ...

"Ich bin heute noch ganz allein, Nastenka," sagte ich, "doch morgen ... Sie wissen ja, Nastenka, daß ich arm bin: ich bekomme nur zwölfhundert Rubel Jahresgehalt, das macht aber nichts ..."

"Gewiß macht es nichts. Großmutter hat ihre Pension und wird uns nicht zur Last fallen ... Wir müssen aber Großmutter zu uns nehmen."

"Natürlich müssen wir Großmutter zu uns nehmen ... Ich habe auch noch meine Matrjona ..."

"Und wir haben die Fjokla!"

"Matrjona ist ja eine herzensgute Person, sie hat aber einen Fehler: es fehlt ihr an Verstand. Das macht aber nichts! ..."

"Das macht wirklich nichts! Matrjona und Fjokla können gut zusammen leben. Sie müssen aber schon morgen zu uns ziehen."

"Wie? Zu Ihnen? Gut, ich bin bereit ..."

"Ja, mieten Sie sich bei uns ein. Wir haben ja oben eine Mansarde; sie ist jetzt frei. Wir hatten zuletzt eine alte adlige Dame zur Mieterin; sie ist nun ausgezogen, und ich weiß, daß Großmutter jetzt am liebsten einen jungen Zimmerherrn haben möchte. Ich frage sie:"Warum einen jungen Mann?" Und sie sagt: "Ich bin ja schon alt ... Glaube aber nicht, Nastenka, daß ich einen Freier für dich suche." Nun begriff ich, daß sie gerade das will ..."

"Ach Nastenka!"

Wir fingen beide zu lachen an.

"Nun genug, lassen Sie es gut sein. Wo wohnen Sie übrigens? Ich habe es schon ganz vergessen."

"In der Nähe der X-Brücke, im Barannikow'schen Hause."

"Ist es das große Haus?"

"Ja, das große Haus."

"Ach ja, ich weiß schon, es ist ein ganz nettes Haus. Doch wissen Sie was, ziehen Sie aus und mieten Sie sich so schnell als möglich bei uns ein ..."

"Morgen will ich es tun, Nastenka, morgen; ich schulde zwar noch einen Teil der Miete, aber das macht nichts ... Ich bekomme bald mein Gehalt ..." "Wissen Sie was? Ich werde vielleicht Stunden geben; werde zuerst selbst etwas lernen, und dann andere unterrichten ..."

"Das wäre wirklich schön! Und ich bekomme bald eine Gehaltszulage, Nastenka ..."

"Schön, also von morgen ab sind Sie unser Zimmerherr ..."

"Ja, und dann wollen wir wieder einmal zum "Barbier von Sevilla" gehen: er wird nämlich nächstens wieder aufgeführt ..."

"Gewiß wollen wir hin!" sagte Nastenka lachend. "Doch nein, lieber nicht zum "Barbier", sondern zu einem andern Stück ..."

"Gut, zu einem andern Stück; das wird auch viel netter sein, ich hatte es mir im Augenblick nicht überlegt ..."

Während wir dies sprachen, waren wir beide wie im Nebel, wie im Rausch, als wüßten wir selbst nicht, was mit uns vorging. Bald blieben wir stehen und sprachen lange, immer auf demselben Flecke bleibend, bald begannen wir wieder zu gehen und kamen Gott weiß wie weit, bald lachten wir, und bald weinten wir. Bald wollte Nastenka plötzlich nach Hause; ich wagte nicht, sie zurückzuhalten und wollte sie bis vor ihr Haus begleiten; wir gingen auch wirklich hin, merkten aber nach einer Viertelstunde, daß wir wieder auf den Kai zu unserer Bank geraten waren. Bald seufzte sie auf, und neue flüchtige Tränen traten ihr in die Augen ... und mich überlief es kalt, und ich wurde wieder verwirrt ... Schon drückte sie mir aber wieder die Hand und zwang mich von neuem auf und ab zu gehen, zu sprechen und zu scherzen ...

"Nun muß ich wirklich nach. Hause! Es ist wohl schon sehr spät," sagte sie zuletzt. "Wir haben genug Unsinn geredet!"

"Ja, Nastenka, doch ich werde heute nicht mehr einschlafen; ich werde auch gar nicht nach Hause gehen."

"Auch ich werde wohl nicht schlafen können; begleiten Sie mich aber bis vors Haus ..."

"Gewiß!"

"Diesmal wollen wir unbedingt bis zum Hause kommen!"

"Ja, ganz bestimmt ..."

"Ihr Ehrenwort? Denn ich muß ja doch einmal heimkommen!"

"Mein Ehrenwort!" sagte ich lachend.

"Also gehen wir!"

"Gehen wir ... Schauen Sie nur den Himmel an, Nastenka! Morgen werden wir den schönsten Tag haben; wie blau der Himmel ist, wie schön der Mond scheint! Schauen Sie hin: eine gelbe Wolke will ihn eben verdecken, sehen Sie, sehen Sie! .. Nein, die Wolke ist schon vorbeigeschwommen. Schauen Sie doch hin, schauen Sie!"

Nastenka sah aber nicht zur Wolke empor. Sie stand schweigend und wie angewurzelt da; nach einigen Augenblicken schmiegte sie sich plötzlich seltsam scheu an mich. Ihre Hand zitterte in der meinigen; ich sah sie an ... sie schmiegte sich noch fester an mich.

In diesem Augenblick ging ein junger Mann an uns vorüber. Plötzlich blieb er stehen, sah uns aufmerksam an und machte noch einige Schritte ... Mein Herz erbebte ...

"Nastenka!" fragte ich leise, "Nastenka, wer ist das?"

"Das ist er!" antwortete sie flüsternd und drückte sich ganz fest an mich; dabei zitterte sie immer stärker ... Ich konnte mich kaum auf den Beinen halten.

"Nastenka, Nastenka, bist du es? Ja, das bist du!" erklang eine Stimme hinter uns, und im gleichen Augenblick ging der junge Mann einige Schritte auf uns zu ...

Mein Gott, wie sie aufschrie! Wie sie zusammenfuhr! Wie sie sich von meinem Arme losriß und ihm zuflog! .. Ich stand ganz niedergeschmettert da und sah die beiden an. Doch kaum hatte sie ihm die Hand gereicht, kaum war sie ihm in die Arme gesunken, als sie sich plötzlich umwandte, wie der Wind, wie der Blitz zu mir eilte, und, ehe ich mich versah, mit beiden Armen meinen Hals umschlang und mir einen heißen herzhaften Kuß auf die Lippen drückte. Dann flog sie, ohne mir ein Wort zu sagen, ihm wieder zu, ergriff seine Hand und zog ihn mit sich fort.

Ich stand noch lange da und sah ihnen nach, bis sie meinen Blicken entschwunden waren.

Der Morgen.

Meine Nächte endeten mit einem Morgen. Der Tag begann trüb und unfreundlich. Es regnete, und die Tropfen prasselten eintönig gegen meine Fensterscheiben; in meinem Zimmer war es dunkel, und im Freien trüb. Mein Kopf schmerzte und schwindelte; ein Fieber schlich sich durch meine Glieder.

"Ein Brief ist für dich gekommen, Väterchen, ein Stadtpostbrief, der Postbote hat ihn gebracht!" Es war Matrjonas Stimme.

"Ein Brief! Von wem?" Ich sprang vom Sessel auf.

"Ich weiß es nicht, Väterchen; sieh nach, vielleicht steht es im Briefe selbst, von wem er ist."

Ich erbrach den Umschlag. Der Brief war von ihr.

"Oh, verzeihen Sie, verzeihen Sie mir!" schrieb Nastenka, "auf den Knien flehe ich Sie um Verzeihung! Ich habe Sie betrogen und auch mich selbst betrogen. Es war ein Traum, eine Sinnestäuschung ... Der Gedanke an Sie quälte mich heute den ganzen Tag; verzeihen Sie mir!"

"Klagen Sie mich nicht an, denn meine Gefühle gegen Sie sind nicht im geringsten verändert: ich sagte Ihnen, daß ich Sie lieben würde; und ich liebe Sie auch jetzt, und es ist sogar mehr als Liebe. Oh, mein Gott! Wenn ich Sie doch beide zugleich lieben könnte! Oh, wären Sie doch – er!"

– Oh, wäre er doch – Sie! – deine Worte sind es, Nastenka, die mir durch den Kopf gehen!

"Gott sei mein Zeuge, daß ich für Sie jetzt alles tun würde! Ich weiß, daß es Ihnen jetzt schwer und traurig zumute ist. Ich habe Sie tief gekränkt, doch Sie wissen: wenn man liebt, vergißt man schnell jede Kränkung. Und Sie lieben mich ja!"

"Ich bin Ihnen dankbar! Ja, für Ihre Liebe dankbar. Denn sie lebt in meiner Erinnerung fort wie ein süßer Traum, an den man noch lange Zeit nach dem Erwachen denkt; denn ich werde ewig an den Augenblick denken, wo Sie mir so brüderlich Ihr Herz offenbarten und so großmütig mein armes, verwundetes Herz, das ich Ihnen darbrachte, hinnahmen, um es zu pflegen, zu behüten und zu heilen ... Wenn Sie mir nun verzeihen, so wird die Erinnerung an Sie verklärt sein durch das Gefühl ewiger Dankbarkeit, das aus meinem Herzen niemals verschwinden wird ... Ich werde diese Erinnerung treu bewahren, denn ich kann meinem Herzen nicht untreu werden: es ist beständig. Es ist auch gestern sofort zu dem zurückgekehrt, dem es ewig gehörte.

"Wir werden uns wiedersehen, Sie werden uns besuchen, Sie werden uns nicht verlassen, Sie werden immer mein Freund und Bruder sein ... Und wenn Sie mich wiedersehen, werden Sie mir Ihre Hand geben ... Ja? Sie werden mir doch Ihre Hand geben, Sie haben mir ja schon verziehen, nicht wahr? Sie lieben mich doch wie früher?

"Oh, versagen Sie mir Ihre Liebe nicht, verlassen Sie mich nicht, denn ich liebe Sie jetzt so sehr, denn ich bin Ihrer Liebe wert, – ich will ihrer würdig sein ... mein lieber Freund! In der nächsten Woche heirate ich ihn. Er ist ganz verliebt zurückgekehrt, er hat mich niemals vergessen ... Sie werden mir nicht zürnen, daß ich von ihm schreibe. Ich will mit ihm zu Ihnen kommen; Sie werden ihn liebgewinnen, nicht wahr?

"Verzeihen Sie mir, denken Sie an mich und behalten Sie lieb Ihre

Nastenka."

Lange las ich den Brief; Tränen wollten mir in die Augen treten. Schließlich entfiel das Blatt meiner Hand, und ich verbarg das Gesicht in den Händen.

"Väterchen! Du, Väterchen!" begann plötzlich Matrjona.

"Was denn, Alte?"

"Ich hab doch das ganze Spinnegewebe von der Decke heruntergeholt. Nun kannst du meinetwegen heiraten, oder Gäste zusammenrufen, ganz wie es dir beliebt ..."

Ich sah Matrjona an. Sie war eine noch rüstige, jugendliche Alte, aber ich weiß nicht warum, plötzlich erschien sie mir als eine Greisin mit erloschenen Augen, runzligem Gesicht, gebückt und gebrechlich ... Ich weiß nicht warum, auch mein Zimmer erschien mir plötzlich ebenso gealtert wie Matrjona: die Wände und Fußböden verblichen, alles fahl, und an der Decke noch mehr Spinngewebe als je. Ich weiß nicht warum, auch das Haus gegenüber erschien mir, als ich zum Fenster hinausblickte, auf einmal alt und baufällig, der Verputz an den Säulen gesprungen und abgebröckelt, die Gesimse voller Risse und rauchgeschwärzt, und die früher ockergelben Mauern – gescheckt ...

Vielleicht kam es nur daher, daß der Sonnenstrahl, der plötzlich aus den Wolken hervorgebrochen war, sich wieder hinter einer Regenwolke versteckte, so daß sich alles wieder verdunkelte; oder war an mir die ganze trostlose und unfreundliche Perspektive meiner Zukunft vorbeigeschwebt, und ich sah mich selbst, wie ich jetzt bin, doch um fünfzehn Jahre gealtert, in diesem selben Zimmer sitzen, ebenso einsam wie jetzt, mit derselben Matrjona, die in diesen Jahren nicht im geringsten klüger geworden ist? ...

Aber daß ich die Kränkung nicht verziehe, Nastenka; daß ich dein heiteres, wolkenloses Glück mit einem Schatten trübte; daß ich dir Vorwürfe machte; daß ich in deinem Herzen Trauer und heimliche Gewissensbisse weckte und es in Augenblicken höchster Wonne kummervoll pochen ließe; daß ich auch mir eine der zarten Blüten, die du, bevor du mit ihm zum Traualtar gehst, in deine dunkle Locken flichtst, entblätterte ... Oh, nie, nie werde ich das tun! Dein Himmel sei immer heiter, dein liebes Lächeln – licht und sorglos, und du selbst sei gesegnet für den Augenblick der Seligkeit und des Glücks, den du einem andern einsamen und dankbaren Herzen schenktest!

Mein Gott! Ein ganzer Augenblick der Seligkeit! Genügte er nicht für ein ganzes Menschenleben?

Ein schwaches Herz

Unter dem gleichen Dache, in der gleichen Wohnung, im gleichen vierten Stock wohnten zwei junge Beamte und Kanzleikollegen: Arkadij Iwanowitsch Nefedewitsch und Wassja Schumkow ... Natürlich erachtet es der Autor für notwendig, dem Leser zu erklären, warum der eine Held mit seinem vollen Namen, der andere dagegen mit dem Diminutiv genannt wird; er müßte es schon aus dem einen Grunde tun, weil ihm sonst diese letztere Form als unanständig und plump vertraulich übelgenommen werden kann. Doch zu diesem Behufe müßte er zunächst den Rang, das Alter und den Beruf einer jeden der handelnden Personen angeben; da es aber allzuviel Schriftsteller gibt, die ihre Erzählungen mit derartigen Charakteristiken beginnen, hat sich der Autor der vorliegenden Novelle entschlossen, nur um den andern nicht zu gleichen (manche werden sagen: um seiner grenzenlosen Einbildung Genüge zu tun), direkt mit der Handlung einzusetzen. Nach dieser Einleitung beginnt er wie folgt.

Schumkow kam am Sylvesterabend, so gegen sechs Uhr, nach Hause. Arkadij Iwanowitsch, der gerade auf dem Bette lag, erwachte und blickte mit noch schläfrigen Augen seinen Freund an. Er stellte fest, daß dieser seinen besten Zivilanzug trug und ein blendend weißes Vorhemd anhatte. Das versetzte ihn natürlich in Erstaunen: Wo mag er in diesem Aufzuge gewesen sein? Auch hatte er heute nicht zu Hause gegessen! Schumkow steckte indessen eine Kerze an, und Arkadij Iwanowitsch erriet sofort, daß sein Freund ihn, gleichsam unbeabsichtigt und zufällig, wecken wollte. Wassja hüstelte auch tatsächlich zweimal, ging zweimal durchs Zimmer und ließ schließlich ganz zufällig seine Pfeife, die er in der Ecke neben dem Ofen zu stopfen begonnen, auf den Boden fallen. Arkadij Iwanowitsch mußte innerlich auflachen.

"Wassja, laß die Komödie!"

"Du schläfst nicht, Arkascha?"

"Bestimmt kann ich es nicht sagen; ich glaube aber, daß ich nicht schlafe."

"Ach, Arkascha! Guten Abend, mein Teurer! Ja, Bruder! Ja! Du ahnst noch gar nicht, was ich dir erzählen werde!"

"Nein, das ahne ich wirklich nicht! Komm aber etwas näher zu mir."

Wassja kam sofort näher, als hätte er auf diese Aufforderung nur gewartet; allerdings war er auf die heimtückischen Absichten seines Freundes nicht gefaßt. Dieser packte ihn sehr geschickt bei der Hand, drehte ihn um, fiel mit seiner ganzen Körperschwere über ihn her und begann das unglückliche Opfer zu würgen; das schien dem lustigen Arkadij Iwanowitsch ein unbeschreibliches Vergnügen zu machen.

"Nun hab ich dich!" rief er. "Nun habe ich dich!"

"Arkascha! Was tust du mit mir! Laß mich um Gottes willen los, so wirst du mir meinen Frack schmutzig machen!"

"Macht nichts! Was brauchst du den Frack? Warum bist du so leichtgläubig und gibst dich mir selbst in die Hände? Sag einmal: wo warst du? Wo hast du zu Mittag gegessen?"

"Arkascha, um Gottes willen! Laß mich los!"

"Wo hast du gegessen?"

"Das ist es ja, was ich dir erzählen will!"

"Also erzähle!"

"Laß mich erst los!"

"Das will ich eben nicht! Ich laß dich nicht los, bevor du es mir erzählt hast!"

"Arkascha, Arkascha! Verstehst du denn selbst nicht, daß ich in dieser Lage nichts erzählen kann, daß es ganz unmöglich ist!" schrie der schwächliche Wassja, indem er vergebliche Anstrengungen machte, sich aus den starken Tatzen seines Freundes und Gegners zu befreien. "Denn es gibt Materien ..."

"Was für Materien?"

"Nun, Materien, über die man in solcher Situation nicht sprechen kann: sonst verliert man eben jede menschliche Würde; es geht wirklich nicht! Es würde lächerlich erscheinen, doch die Sache ist durchaus nicht lächerlich, sondern bitter ernst!"

"Das Ernste mag der Teufel holen! Was dir nicht einfällt! Du sollst mir die Sache so erzählen, daß ich dabei lachen kann! Ich mag nichts Ernstes hören! Was wärest du sonst für ein Freund? Sag nun selbst: was wärest du für ein Freund? He?"

"Arkascha! Ich kann es nicht, bei Gott!"

"Keine Widerrede!"

"Also gut, Arkascha!" begann Wassja, der quer auf dem Bette lag und sich die größte Mühe gab, seinen Worten eine gewisse Würde zu verleihen. "Arkascha! Ich werde es dir vielleicht sagen, doch ..."

"Nun?"

"Ich habe mich verlobt!"

Arkadij Iwanowitsch sagte kein Wort. Er nahm Wassja, der durchaus nicht klein, sondern recht lang, nur etwas mager war, auf die Arme und begann ihn mit großem Geschick auf- und abzutragen und wie ein Kind zu wiegen.

"Gleich werde ich dich, du Bräutigam, wie einen Säugling einwickeln!" sagte er dabei. Als er aber sah, daß Wassja ganz regungslos und stumm in seinen Armen lag, besann er sich und merkte, daß er in seinem Scherze doch zu weit gegangen war; er stellte seinen Freund mitten im Zimmer hin und drückte ihm einen durchaus herzlichen und freundschaftlichen Kuß auf die Backe.

"Wassja, du bist doch nicht böse?"

"Hör einmal, Arkascha ..."

"Nun, vergibs mir des Sylvesters wegen!"

"Ich bin ja nicht böse; warum bist du aber so verrückt und ausgelassen? Wie oft hab ichs dir schon gesagt: das ist gar nicht witzig, bei Gott, gar nicht witzig!"

"Also böse bist du mir nicht?"

"Nein ... Auf wen bin ich je böse?! Doch du hast mich gekränkt, verstehst du das?!"

"Gekränkt? Auf welche Weise?"

"Ich bin zu dir gekommen wie zu einem Freund, mit vollem Herzen, um dir meine Seele auszuschütten und von meinem Glück zu erzählen ..."

"Von was für einem Glück? Warum sagst du das nicht gleich?"

"Ich heirate doch!" antwortete Wassja geärgert; er war wirklich etwas wütend.

"Du? Du heiratest? Ist es dein Ernst?" schrie Arkascha wie besessen. "Nein, nein, was ist denn das? Er spricht wirklich so sonderbar und weint sogar! ... Wassja, Wassjuk, mein Söhnchen, beruhige dich doch! Ist es auch wirklich wahr?" Und Arkadij Iwanowitsch schloß ihn wieder in seine Arme.

"Verstehst du denn meine Aufregung noch nicht? Du bist ja ein guter Freund, ich weiß es. Ich komme zu dir mit solcher Freude, mit solcher Begeisterung in der Seele und muß dir diese meine Herzensfreude, ganz würdelos quer über dem Bette liegend, eröffnen ... Du verstehst doch, Arkascha," setzte er halb lachend hinzu, "daß es eine durchaus komische Situation war; ich bin aber in diesem Augenblick gewissermaßen nicht bei Sinnen. Ich konnte meine Angelegenheit nicht so erniedrigen. Hättest du mich zum Beispiel nach ihrem Namen gefragt, ich schwöre dir: du hättest mich morden können, aber den Namen hättest du von mir nicht erfahren!"

"Warum hast du es nicht früher gesagt, Wassja? Hättest du mir das alles früher gesagt, so würde ich nicht so spaßen!" rief Arkadij Iwanowitsch in aufrichtiger Verzweiflung.

"Nun, laß es gut sein, genug! Ich sage es ja nur so ... Du weißt selbst, warum ich so bin: ich habe eben ein gutes Herz. Nun ärgere ich mich darüber, daß es mir nicht gelungen ist, die Sache dir so gut und schön zu erzählen, wie ich es wollte, dich zu erfreuen, dir ein Vergnügen zu machen, dich einzuweihen ...

Im Ernst, Arkascha, ich liebe dich so sehr, daß ich, wenn ich dich nicht hätte, wohl überhaupt nicht heiraten würde und auf dieser Welt nicht leben wollte."

Arkadij Iwanowitsch, der sehr empfindsam war, weinte und lachte zugleich, während Wassja dies sprach. Wassja tat dasselbe. Sie fielen sich schließlich wieder in die Arme und vergaßen den ganzen Vorfall.

"Wie ist es nun geschehen? Erzähle mir alles, Wassja! Du mußt mich entschuldigen, mein Lieber: ich bin so erschüttert, wie vom Blitz getroffen, bei Gott! Das kann ja nicht sein, mein Lieber, du hast doch das Ganze erfunden, bei Gott, du hast es erlogen!" schrie Arkadij Iwanowitsch auf und blickte mit aufrichtigem Mißtrauen Wassja an; als er aber in dessen Gesicht eine glänzende Bestätigung seiner bestimmten Absicht, so schnell als möglich zu heiraten, wahrnahm, warf er sich aufs Bett und begann vor lauter Entzücken Purzelbäume zu schießen, so daß die Wände erzitterten.

"Wassja, setz dich her!" rief er schließlich, und setzte sich auch selbst hin.

"Ja, mein Lieber, ich weiß wirklich nicht, womit ich beginnen soll!"

Beide blickten einander in freudiger Erregung an.

"Wer ist sie, Wassja?"

"Die Artemjewa! ..." versetzte Wassja mit vor Glück gedämpfter Stimme.

"Ist's wahr?"

"Ich hab dir ja schon genug von der Familie erzählt, und du hast gar nichts gemerkt. Es fiel mir wirklich schwer, es vor dir zu verheimlichen; ich hatte solche Angst, davon zu sprechen! Ich fürchtete, das Ganze würde auseinandergehen, ich bin aber verliebt, Arkascha! Ach, mein Gott, mein Gott! Denk dir nur: die Sache war so," begann er, jeden Augenblick vor Erregung stockend: "Sie hatte bereits vor einem Jahre einen Bräutigam, der wurde aber plötzlich irgendwohin versetzt; ich kannte ihn: er war so ein ... Nun, ich will von ihm lieber nicht sprechen. Er ist also fort, läßt nichts von sich hören, ist verschollen. Man wartet und wartet und weiß nicht, was das zu bedeuten hat. Und plötzlich, so vor vier Monaten, kehrt er zurück – ist verheiratet und läßt sich bei den Artemjews nicht einmal sehen! Es ist doch roh und gemein! Und sie haben niemanden, der für sie eintreten könnte. Das arme Mädchen weint, und weint, und ich – verliebe mich in sie ... Ich war, übrigens, in sie schon vorher verliebt! Nun begann ich sie zu trösten, kam jeden Tag ins Haus ... Ich weiß wirklich nicht, wie das geschah, doch auch sie gewann mich lieb. Vor acht Tagen hielt ich es schließlich nicht aus, fing zu weinen an, zu schluchzen und sagte ihr alles: nun, daß ich sie liebe – mit einem Wort alles! ... "Auch ich bin bereit, Sie zu lieben, Wassilij Petrowitsch", sagte sie zu mir, "doch ich bin ein armes Mädchen, spotten Sie meiner nicht; denn ich habe gar nicht den Mut, jemanden zu lieben!" Nun, mein Lieber, verstehst du es? ... Wir haben uns auch sofort verlobt; ich überlegte mir lange hin und her und fragte sie schließlich: "Wie wollen wir das der Mama sagen?" Sie antwortete darauf: "Ja, es ist schwer! Warten Sie lieber noch eine Zeitlang. Denn Mama hat jetzt Angst; jetzt gleich wird sie mich Ihnen vielleicht noch nicht geben wollen; sie weint ja noch immer." Ohne Lisa auch mit einem Wort vorzubereiten, platzte ich heute vor der Alten mit der Geschichte heraus. Lisa kniete vor ihr nieder, ich ebenfalls ... die Alte gab uns ihren Segen. Arkascha, Arkascha! Mein Lieber! Wir wollen doch zusammen wohnen bleiben. Nein, von dir trenne ich mich nicht!"

"Wassja, ich schaue dich an, und kann dir doch nicht glauben! Bei Gott, ich schwöre: ich kann dir unmöglich glauben. Das Ganze kommt mir so vor ... Hör einmal, du willst heiraten?.. Wieso habe ich nichts davon gewußt? Ich muß dir gestehen, Wassja: auch ich hatte die Absicht zu heiraten; doch da du es jetzt tust, kommt es auf dasselbe heraus! Also ich wünsche dir viel Glück!"

"Mein Freund, ich habe jetzt ein so süßes Gefühl im Herzen, so leicht ist mir zumute ..." sagte Wassja. Er erhob sich vom Bett und ging einigemal erregt durchs Zimmer. "Nicht wahr, du fühlst es ja auch? Wir werden natürlich sehr bescheiden leben, werden aber trotzdem glücklich sein; und das ist doch keine Chimäre; unser Glück ist nicht aus einem Buche geschöpft, es ist die Wirklichkeit: wir werden wirklich glücklich sein!"

"Wassja! Hör einmal, Wassja!"

"Was denn?" fragte Wassja, vor Arkadij Iwanowitsch stehen bleibend.

"Mir kommt eben ein Gedanke; ich weiß nicht warum, ich fürchte ihn auszusprechen!.. Verzeihe mir also und löse meine Zweifel. Wovon willst du eigentlich leben? Ich bin ja entzückt, daß du heiratest, bin ganz außer mir vor Freude, und doch ... wovon willst du leben? Wie?"

"Ach, mein Gott! Wie kannst du nur, Arkascha!" sagte Wassja und blickte Nefedewitsch sehr erstaunt an. "Was denkst du dir denn? Selbst die Alte überlegte sich die Sache keine zwei Minuten lang, als ich ihr alles klarlegte. Frage doch zunächst, wovon *sie* gelebt haben? Sie haben zudritt ja nur fünfhundert Rubel im Jahr! Das ist die ganze Pension, die sie nach dem Tode des Vaters bekommen. Sie alle: Lisa, und die Alte und noch der kleine Bruder, für den man aus dem gleichen Gelde die Schule bezahlen muß, alle drei lebten von den fünfhundert Rubeln; so leben eben andere Leute! Wir beide sind Kapitalisten dagegen! Ich habe ja manches Jahr, wenn es gut geht, beinahe siebenhundert Rubel Einkommen!"

"Höre, Wassja, entschuldige: bei Gott, ich meine es ja nur so ... Ich bin doch wirklich besorgt, daß die Sache nicht auseinandergeht; aber von welchen siebenhundert Rubeln sprichst du? es sind ja im Ganzen nur dreihundert ..."

"Dreihundert!.. So, und Julian Mastakowitsch ist nichts? Hast du den vergessen?"

"Julian Mastakowitsch! Das ist aber eine unsichere Sache; das ist doch etwas ganz anderes als dreihundert Rubel sicheres Jahresgehalt, wo man sich auf jeden Rubel wie auf einen treuen Freund verlassen kann. Julian Mastakowitsch ist freilich ein hervorragender Mensch, ich achte und verstehe ihn, obwohl er so viel höher steht als ich; ich liebe ihn sogar, bei Gott, weil er dich so liebt und dir jede Extraarbeit bezahlt, obwohl er die Möglichkeit hätte, mit diesen Arbeiten irgendeinen Beamten von Amts wegen zu betrauen. Du mußt dir aber sagen, Wassja ... Höre noch folgendes: ich spreche ja wirklich keinen Unsinn; ich will zugeben, daß es in ganz Petersburg keine Handschrift gibt, die mit der deinigen zu vergleichen wäre; das erkenne ich gerne an!" sagte Nefedewitsch nicht ohne Entzücken. "Und doch kann es ja, Gott bewahre, vorkommen, daß du ihm einmal etwas nicht recht machst, oder daß er keine Arbeit mehr zu vergeben hat, oder sich einen andern nimmt ... es kann ja schließlich alles passieren! Heute hast du ihn, und morgen – nicht; bedenke das nur, Wassja ..."

"Höre einmal, Arkascha, ebenso gut kann jetzt über uns die Zimmerdecke einstürzen ..."

"Ja, gewiß, du hast recht, ich meinte es ja nur so ..."

"Nein, hör einmal zu, höre, was ich dir sage: wie kann er mich gehen lassen? Höre mich nur an! Ich erledige ja alles so aufmerksam und zuverlässig, und er ist so gut zu mir; heute hat er mir, höre nur, Arkascha, heute hat er mir fünfzig Silberrubel gegeben!"

"Wirklich, Wassja? Ist es eine Zulage?"

"Keine Zulage! Aus seiner eigenen Tasche hat er es mir gegeben! Er sagte zu mir: "Du hast, mein Lieber, seit vier Monaten nichts bekommen; wenn du willst, nimm dieses Geld: ich danke dir", sagte er, "denn ich bin mit dir zufrieden" ... Bei Gott, das hat er gesagt! "Du sollst doch nicht umsonst arbeiten!" Mir kamen sogar die Tränen! Mein Gott, Arkascha!"

"Sage einmal, Wassja, hast du die zuletzt bestellte Abschrift fertiggemacht?"

"Nein ... noch nicht ganz fertig."

"Wassinka, mein Engel! Was hast du angerichtet?"

"Das macht nichts, Arkascha, ich habe ja noch zwei Tage Zeit."

"Ja, warum hast du die Arbeit noch nicht fertig?"

"Nun ja! Du siehst mich mit solcher Leichenbittermiene an, daß sich mir der Magen umdreht und das Herz weh tut! Was ist denn dabei? Du bringst mich immer auf diese Weise um, wenn du zu schreien anfängst: A-a-ah! Überlege dir nur: was ist denn dabei? Ich werde damit noch fertig werden, bei Gott!"

"Und wenn du nicht fertig wirst?" brüllte Arkadij und sprang vom Bette auf. "Erst heute hast du von ihm Geld bekommen! Und du willst heiraten! ... Oh weh!"

"Das macht nichts, ich setze mich gleich an die Arbeit und mache sie fertig. Sei unbesorgt!"

"Wie hast du es versäumen können, Wassja?"

"Ach, Arkascha! Konnte ich denn ruhig hier sitzen bleiben? War ich denn in solcher Stimmung? Selbst in der Kanzlei konnte ich kaum sitzen, so übervoll ist mein Herz! ... Ach! Nun werde ich die heutige Nacht durcharbeiten, ebenso morgen und übermorgen und mache es fertig! ..."

"Ist noch viel übrig geblieben?"

"Störe mich nicht, um Gottes willen, störe mich nicht, schweig!"

Arkadij Iwanowitsch ging auf den Fußspitzen zum Bett und setzte sich hin; nach einer Weile wollte er schon wieder aufstehen, besann sich aber, daß er seinen Freund damit stören könnte und blieb sitzen, obwohl es ihm bei seiner Aufregung sehr schwer fiel: die Nachricht hatte ihn offensichtlich furchtbar aufgeregt, und seine Begeisterung war noch nicht abgekühlt. Er warf Schumkow einen Blick zu; auch dieser warf ihm einen Blick zu, lächelte, drohte mit dem Finger, zog furchtbar die Brauen zusammen (als ob davon seine Kraft und der ganze Erfolg der Arbeit abhingen) und vertiefte sich wieder in die Arbeit.

Auch er schien seine Aufregung noch nicht überwunden zu haben: er wechselte einigemal die Feder, rückte auf seinem Stuhle hin und her, nahm immer neue Stellungen ein, fing immer von neuem an, doch seine Hand zitterte und wollte ihm nicht gehorchen.

"Arkascha! Ich habe ihnen auch von dir erzählt!" schrie er plötzlich auf, als wäre es ihm erst eben eingefallen.

"So?" rief Arkascha, "und ich wollte dich gerade danach fragen! Nun?"

"Nun! Ach, ich werde dir alles später erzählen! Bei Gott, es ist meine Schuld; ich hatte eben meinen Vorsatz vergessen, kein Wort zu sprechen, bevor ich nicht vier Bogen abgeschrieben habe. Und nun mußte ich wieder an sie und dich denken. Ich kann, mein Lieber, gar nicht schreiben: muß immer an euch denken ..." Wassja lächelte.

Beide verstummten für eine Weile.

"Pfui! Was für eine elende Feder!" rief Schumkow plötzlich aus und warf die Feder auf den Tisch hin. Er nahm wieder eine neue Feder.

"Wassja! Höre einmal: nur ein Wort ..."

"Gut! Aber schnell und zum allerletztenmal ..."

"Ist dir noch viel übriggeblieben?"

"Ach, mein Lieber! ..." Wassja machte ein Gesicht, als ob es in der Welt nichts Schrecklicheres und Tödlicheres gäbe, als diese Frage. "Es ist noch viel, furchtbar viel!"

"Weißt du, mir kommt eben eine Idee ..."

"Was für eine?"

"Nein, nein, schreibe nur weiter."

"Nun was denn? Was wolltest du sagen?"

"Die Uhr geht schon auf sieben!"

Nefedewitsch lächelte bei diesen Worten Wassja zu, allerdings etwas unsicher: er wußte nicht, wie Wassja es aufnehmen würde.

"Also was denn?" fragte Wassja. Er hörte sofort zu schreiben auf, blickte ihm gerade in die Augen und erbleichte vor Erwartung.

"Weißt du was?"

"Um Gottes willen, was denn?"

"Weißt du was? Du bist zu aufgeregt und wirst wohl sowieso nicht viel zustandebringen ... Warte, warte, warte, ich weiß schon, was du sagen willst, höre einmal!" sagte Nefedewitsch, in seiner Begeisterung vom Bette aufspringend und Wassja, der etwas entgegnen wollte, unterbrechend, um jedem Einwand zuvorzukommen: "Vor allen Dingen mußt du dich doch beruhigen und dich sammeln! Nicht wahr?"

"Arkascha! Arkascha!" rief Wassja und sprang von seinem Platze auf. "Ich werde die ganze Nacht durcharbeiten, bei Gott, die ganze Nacht!"

"Nun ja, gewiß! Doch gegen Morgen wirst du einschlafen ..."

"Ich werde nicht einschlafen, um nichts in der Welt ..."

"Nein, nein! Das geht nicht! Du mußt: um fünf Uhr kannst du dich schlafen legen, und um acht werde ich dich wecken. Morgen ist Feiertag; du setzt dich hin und schreibst den ganzen Tag ... und dann wieder die Nacht ... Ist noch viel übriggeblieben?"

"Hier! Schau her!"

Wassja zeigte ihm, vor Erregung und Erwartung zitternd, das Heft: "Schau her!"

"Weißt du, mein Lieber: es ist ja gar nicht viel!"

"Mein Lieber, das ist noch nicht alles: es ist noch etwas da!" sagte Wassja und blickte dabei Nefedewitsch so schüchtern an, als hinge von diesem der Entschluß ab, ob sie hingingen oder nicht.

"Wieviel?"

"Zwei Bogen ..."

"Nun, was meinst du? Ich meine, wir werden damit noch fertig, bei Gott, wir werden fertig!"

"Arkascha!"

"Wassja! Höre einmal! Den Sylvesterabend verbringen doch alle Leute bei bekannten Familien, nur wir beide sind so gottverlassen und wie obdachlos ... Ja, Wassinka!"

Nefedewitsch umarmte Wassja und erdrückte ihn beinahe in seinen Löwentatzen.

"Arkadij, es ist abgemacht!"

"Wassjuk, ich wollte dir nur noch das sagen. Sieh mal, Wassjuk, mein Dicker! Hör einmal! Hör einmal! Du kannst ja ..."

Arkadij hielt mit offenem Munde inne, denn er konnte vor Begeisterung nicht weiter sprechen. Wassja hielt ihn an den Schultern, starrte ihm ins Gesicht und bewegte die Lippen, als wollte er den Satz statt seiner zu Ende sprechen.

"Nun?!" sagte er schließlich.

"Stelle mich ihnen heute vor!"

"Arkadij! Wir wollen heute zum Tee hingehen! Weißt du was? Weißt du was? Bis zwölf wollen wir nicht sitzen bleiben, sondern vorher heimgehen!" rief Wassja in echter Begeisterung.

"Das heißt, wir wollen im ganzen zwei Stunden dort bleiben, nicht mehr und nicht weniger! ..."

"Und dann trennen wir uns, bis ich ganz fertig bin! ..."

"Wassjuk!"

"Arkadij!"

In drei Minuten hatte Arkadij seinen besten Anzug an. Wassja bürstete seinen Anzug nur ab; er hatte ihn noch gar nicht abgelegt: mit solchem Eifer war er soeben an die Schreibarbeit gegangen.

Sie traten eilig auf die Straße hinaus, der eine freudiger als der andere. Ihr Weg ging von der Petersburger Seite zur Kolomna-Vorstadt. Arkadij Iwanowitsch schritt rüstig und energisch aus, so daß man schon an seinem Gang seine Freude über das Glück des sich daran immer mehr berauschenden Wassja merken konnte. Wassja machte kleinere Schritte, trippelte beinahe, bewahrte aber seine Würde vollkommen. Arkadij Iwanowitsch glaubte sogar, noch nie einen so günstigen Eindruck von ihm gehabt zu haben. In diesem Augenblick hatte er sogar mehr Achtung vor ihm als je, und der gewisse körperliche Fehler Wassjas, von dem der Leser noch nichts weiß (Wassja war nämlich etwas schief gewachsen), der im empfindsamen Herzen Arkadij Iwanowitschs immer tiefes Mitgefühl hervorgerufen hatte, trug jetzt noch mehr zum Gefühl inniger Rührung bei, das er in diesen Augenblicken seinem Freunde entgegenbrachte und dessen Wassja selbstverständlich in jeder Beziehung würdig war. Arkadij Iwanowitsch hatte sogar Lust, vor Freude zu weinen, doch er beherrschte sich.

"Wohin, wohin, Wassja? Hier ist es näher!" rief er, als er merkte, daß Wassja die Richtung zum Wosnessenskij-Prospekt einschlagen wollte.

"Schweige, Arkascha, schweige ..."

"Hier ist es wirklich näher, Wassja ..."

"Arkascha, weißt du was?" begann Wassja geheimnisvoll, mit vor Glück bebender Stimme. "Weißt du was? Ich möchte Lisa ein kleines Präsent mitbringen ..."

"Was für eines?"

"Gleich an der nächsten Ecke ist der Laden von Madame Leroux, ein wundervoller Laden!"

"So, so!"

"Es ist ein Häubchen, mein Lieber, ein Häubchen; heute habe ich da ein so liebes, nettes Häubchen gesehen und mich danach erkundigt. Die Façon heißt "Manon Lescaut", es ist wirklich ein Wunderwerk! Die Bänder sind kirschrot, und wenn es nicht zu teuer ist ... Arkascha! Und wenn es auch teuer ist ..."

"Ich glaube, du bist über allen Poeten erhaben, Wassja! Gehen wir also hin!"

Sie eilten weiter und traten nach zwei Minuten in den Laden. Sie wurden von einer Französin mit schwarzen Augen und Lockenfrisur empfangen, die beim ersten Blick auf die Eintretenden ebenso freudig und glücklich wurde, wie diese es waren, womöglich noch freudiger und glücklicher. Wassja hätte Madame Leroux beinahe abgeküßt: so entzückt war er.

"Arkascha!" sagte er leise, mit scheinbar gleichgültigem Blicke all das Schöne und Erhabene musternd, das, auf hölzernen Haubenstöcken prangend, den großen Ladentisch schmückte. "Es sind doch wahre Wunderwerke! Was sagst du zum Beispiel zu dem da? Hier dieses Bonbon meine ich, siehst du es?" flüsterte Wassja, auf ein reizendes Häubchen weisend, das ganz am Rande stand, doch durchaus nicht dasjenige war, das er zu kaufen beabsichtigte; denn er hatte schon von weitem seine Blicke in das andere, berühmte, echte Häubchen gebohrt, das am entgegengesetzten Tischende stand. Er starrte es so an, als hätte er Angst, daß jemand es stehlen könnte oder daß das Häubchen selbst, nur damit es nicht Wassja in die Hände fiele, von seinem Haubenstocke in die Luft wegfliegen würde.

"Dieses da," sagte Arkadij Iwanowitsch, auf ein anderes Häubchen zeigend, "dieses da ist nach meiner Ansicht das schönste."

"Ja, Arkascha, das macht dir sogar Ehre; ich bringe dir von nun an für deinen guten Geschmack noch mehr Achtung entgegen," sagte Wassja: seine Rührung vor Arkascha ging so weit, daß er ihm zuliebe aufrichtiges Entzücken vorspiegelte. "Dein Häubchen ist wirklich reizend. Aber komm einmal her!"

"Wo ist denn ein noch schöneres, mein Lieber?"

"Sieh einmal her!"

"Dieses da?" sagte Arkadij etwas unsicher.

Als aber Wassja, der sich nicht länger beherrschen konnte, das Häubchen vom Ständer nahm, das ihm, gleichsam über den langersehnten guten Käufer erfreut, selbst zuzufliegen schien, als alle die Bänder, Rüschen und Spitzen zu knistern anfingen, – da drang aus der mächtigen Brust Arkadij Iwanowitschs ein Schrei des Entzückens. Selbst Madame Leroux, die während der Wahl ihre ganze Würde und Überlegenheit in Sachen des Geschmacks bewahrt und herablassend geschwiegen hatte, belohnte nun Wassja mit einem Lächeln der Anerkennung, und alles in ihr, in ihren Blicken, in ihren Gesten und in ihrem Lächeln schien zu sagen: "Ja, Sie haben das Richtige getroffen und sind des Glückes wert, das Sie erwartet!"

"Es hat ja in seiner Einsamkeit kokettiert!" rief Wassja aus, der nun seine ganze Liebe auf das reizende Häubchen übertrug. "Es hat sich mit Absicht versteckt, das Täubchen, das Schelmchen!" Und er küßte das Häubchen, oder vielmehr die Luft, die es umgab: denn er fürchtete, seine Kostbarkeit auch nur zu berühren.

"So verbirgt sich auch das wahre Verdienst und die echte Tugend," setzte Arkadij ganz begeistert hinzu: diese Phrase hatte er am Morgen in einer geistvollen Zeitung gelesen und tischte sie nun des humoristischen Effektes wegen auf. "Also was meinst du, Wassja?"

"Hurra, Arkascha! Du bist heute auch geistreich, du wirst Furore machen, wie es die Damen nennen, – ich prophezeie es dir! – Madame Leroux, Madame Leroux!"

"Was steht zu Diensten?"

"Meine liebe Madame Leroux!"

Madame Leroux blickte Arkadij Iwanowitsch an und lächelte etwas herablassend.

"Sie glauben nicht, wie ich Sie in diesem Augenblick verehre ... Gestatten Sie, daß ich Sie küsse ..." Und Wassja umarmte und küßte die Verkäuferin.

Sie mußte in diesem Augenblick unbedingt ihre ganze Würde zusammennehmen, um sich dem Attentäter gegenüber nichts zu vergeben. Ich behaupte aber, daß dazu auch die ganze angeborene natürliche Liebenswürdigkeit und Grazie gehört, mit der Madame Leroux den Ausbruch von Wassjas Begeisterung hinnahm. Sie verzieh ihm. Und wie geschickt, wie graziös fand sie sich in die Situation! Wie könnte man auch Wassja zürnen?

"Madame Leroux, wie hoch ist der Preis?"

"Fünf Silberrubel," antwortete sie, sich ihre Frisur in Ordnung bringend und wieder lächelnd.

"Und dieses da, Madame Leroux?" fragte Arkadij Iwanowitsch, auf das von ihm gewählte Häubchen weisend.

"Dieses kostet acht Silberrubel."

"Erlauben Sie einmal, erlauben Sie einmal! Sie werden doch zugeben, Madame Leroux ... Nun welches Häubchen ist nach Ihrer Meinung schöner, graziöser, liebenswürdiger, welches sieht Ihnen ähnlicher?"

"Jenes ist etwas reicher, doch das von Ihnen Gewählte – c'est plus coquet."

"Also nehmen wir dieses!"

Madame Leroux schlug das Häubchen in einen Bogen unendlich feinen Seidenpapiers ein, das sie mit einer Nadel zusammensteckte, und das Papier mit dem darin eingewickelten Häubchen schien nun leichter geworden zu sein, als es vorher ohne Häubchen gewesen war. Wassja nahm das Paket mit verhaltenem Atem, sehr vorsichtig in die Hand, verabschiedete sich von Madame Leroux, sagte ihr noch etwas höchst Liebenswürdiges und verließ den Laden.

"Ich bin ein Lebemann, Arkascha, ich bin zum Lebemann geboren!" schrie Wassja lachend. Er lachte wie in einem Krampfe, nervös und kaum hörbar. Dabei wich er den Passanten aus, denn er hatte sie alle ohne Ausnahme im Verdacht, ihm sein kostbares Häubchen zerknüllen zu wollen.

"Höre einmal, Arkadij, höre!" begann er eine Minute später, und eine große Feierlichkeit, eine unsagbare Liebesseligkeit klang aus seiner Stimme. "Arkadij, ich bin so glücklich, so glücklich!"

"Wassinka, und wie glücklich bin ich, mein Lieber!"

"Nein, Arkascha, nein! Deine Liebe zu mir ist grenzenlos, – ich weiß es, doch du kannst nicht auch den zehnten Teil von dem empfinden, was ich jetzt empfinde. Mein Herz ist so übervoll!! Arkascha, ich bin ja meines Glückes gar nicht wert! Ich fühle es, ich ahne es. Womit habe ich es verdient," sagte er mit tränenerstickter Stimme, "was habe ich geleistet, das mir ein Recht darauf gibt? Sage es mir nur! Sieh nur hin, wieviel Menschen es gibt, wieviel Tränen, wieviel Kummer, wieviel grauen Alltag ohne Feste! Und ich! Ich werde von einem solchen Mädchen geliebt, ich ... Doch du wirst sie gleich selbst sehen, wirst ihr edles Herz selbst kennen lernen. Ich bin von niedriger Herkunft, doch jetzt habe ich einen Beamtenrang und ein unabhängiges Einkommen – mein Gehalt. Ich bin mit einem Gebrechen auf die Welt gekommen: ich bin etwas schief gewachsen. Und siehe: sie liebt mich so wie ich bin. Julian Mastakowitsch war heute so zärtlich, so aufmerksam, so höflich zu mir; er spricht ja sonst fast nie mit mir; heute ging er aber auf mich zu und sagte: "Nun, Wassja," (bei Gott: er sprach mich mit Wassja an), "du wirst wohl in den Feiertagen ordentlich bummeln?" (Und dabei lachte er!)

Und ich sagte ihm: "Exzellenz," sagte ich, "ich habe ja zu tun!" Doch dann faßte ich mir Mut und sagte: "Vielleicht werde ich mich auch etwas amüsieren, Exzellenz!" Bei Gott, das sagte ich ihm. Er gab mir sofort Geld und richtete an mich noch einige Worte. Ich war, mein Lieber, so gerührt, daß mir Tränen in die Augen traten; er war anscheinend auch etwas gerührt; er klopfte mich auf die Schulter und sagte: "Sei immer so dankbar und ergeben, wie du es jetzt bist, Wassja!""

Wassja verstummte für ein Weile. Arkadij Iwanowitsch wandte sich weg und wischte sich gleichfalls einige Tränen aus den Augen.

"Und dann noch etwas ...," sagte Wassja fortfahrend. "Ich habe es dir ja noch niemals gesagt, Arkadij ... Arkadij! Du beglückst mich so sehr mit deiner Freundschaft, ohne dich könnte ich gar nicht leben, – nein, nein, widersprich mir nicht! Laß mich deine Hand drücken, laß mich dir danken ..." Wassja kam nicht weiter.

Arkadij Iwanowitsch wollte schon Wassja um den Hals fallen; da sie aber gerade die Straße überquerten und plötzlich dicht hinter ihren Ohren den warnenden Schrei eines Kutschers: "A – achtung!" hörten, liefen sie beide erregt und erschrocken, so schnell sie konnten, aufs Trottoir. Arkadij Iwanowitsch war über diesen Zwischenfall sogar froh. Er entschuldigte Wassjas Erguß von Dankbarkeit nur mit der ganz außergewöhnlich gehobenen Stimmung, in der sich dieser augenblicklich befand. Denn er selbst machte sich Vorwürfe, daß er bisher so wenig für seinen Freund getan hatte! Er schämte sich sogar, als Wassja ihm für die wenigen Gefälligkeiten, die er ihm erwiesen, zu danken begann! Er hatte aber noch sein ganzes Leben vor sich: bei diesem Gedanken atmete Arkadij Iwanowitsch wieder freier auf ...

Man hatte schon jede Hoffnung aufgegeben, daß sie kommen würden. Ein Beweis: man saß bereits am Teetische! Doch ältere Leute haben oft einen richtigeren Instinkt als die Jugend, und als was für eine Jugend! Lisa hatte ja ganz ernsthaft behauptet: "Er wird nicht kommen, Mamachen, mein Herz fühlt es, daß er nicht kommen wird." Doch Mamachen sagte immer wieder, sie habe im Gegenteil das Gefühl, daß er unbedingt kommen werde: daß er keine Ruhe finden und herbeieilen würde, um so mehr als er am Sylvester dienstfrei habe! Doch Lisa glaubte noch immer nicht, selbst als sie die Türe öffnete, und sie traute ihren Augen nicht, als die beiden eintraten. Sie war vor Erregung ganz atemlos; ihr Herzchen begann plötzlich wie bei einem eingefangenen Vöglein zu klopfen, und sie wurde so rot wie eine Kirsche, mit der sie auch sonst einige Ähnlichkeit hatte. Mein Gott, diese Überraschung! Was für ein freudiges "Ach!" flog ihr von den Lippen! "Du Treuloser! Du Lieber!" rief sie, Wassenka umarmend ... Doch stellen Sie sich vor, wie sie plötzlich erstaunte und verlegen wurde: gerade hinter Wassjas Rücken stand, etwas verlegen, als wollte er sich hinter seinem Freund verstecken, Arkadij Iwanowitsch. Ich muß an dieser Stelle bemerken, daß Arkadij Iwanowitsch sich in Damengesellschaft immer etwas unsicher fühlte; es passierte ihm sogar einmal ... Doch davon später. Versuchen Sie sich nur in seine Lage zu versetzen! Es ist wirklich nicht zum Lachen! Er steht im Vorzimmer in Galoschen und Mantel, will sich seine Mütze mit den Ohrenklappen vom Kopfe reißen, und sein Kopf ist ganz mit einem entsetzlichen gelben gestrickten Schal umwickelt, der zum größeren Effekt im Nacken verknotet ist. Das alles muß er nun entwirren, aufbinden, um so bald als möglich in vorteilhafterer Gestalt zu erscheinen, denn es gibt keinen Menschen, der nicht wünschte, möglichst vorteilhaften Eindruck zu machen. Und neben ihm steht der unausstehliche und unerträgliche, andererseits natürlich der sonst so liebe und gute Wassja, doch in diesem Augenblick – der unerträgliche und erbarmungslose, und schreit: "Hier ist mein Arkadij, Lisa! Wie gefällt er dir? Er ist mein bester Freund! Umarme und küsse ihn, liebe Lisa! Gib ihm zuerst einen Kuß; und wenn du ihn später näher kennen lernst, wirst du ihm noch mehr Küsse geben ..." Wie gefällt das Ihnen? Ich frage: was blieb dem Arkadij Iwanowitsch zu tun übrig? Und er hatte seinen Schal erst zur Hälfte aufgebunden! Ich muß mich manchmal selbst für Wassjas übertriebene Begeisterung schämen; sie ist ja meistens der Beweis für Herzensgüte, doch immerhin ... Es war peinlich und ungeschickt!

Endlich traten sie in den Salon ... Die alte Dame war unsagbar erfreut, Arkadij Iwanowitsch kennen zu lernen; sie hätte ja schon so viel von ihm gehört, sie ... Sie kam nicht weiter. Ein helles, freudiges "Ach!", das plötzlich ertönte, unterbrach sie mitten im Satze. Mein Gott! Lisa stand mit kindlich gefalteten Händen vor dem Häubchen, das plötzlich aus seiner Umhüllung zum Vorschein gekommen war, und lächelte, lächelte ... Mein Gott! Warum hat es bei Madame Leroux nicht ein noch viel schöneres Häubchen gegeben?!

Aber, mein Gott, wo kann man denn auch ein schöneres Häubchen finden? Ich meine es durchaus ernst! Mich ärgert und kränkt es sogar, wenn Verliebte so undankbar sind! Schauen Sie nur her, meine Herrschaften, und sagen Sie selbst, ob es überhaupt etwas Schöneres als dieses entzückende, göttliche Häubchen geben kann! Bitte, schauen Sie es sich nur an! Doch nein, nein, meine Vorwürfe sind unbegründet: sie sind mit mir bereits alle einverstanden; es war nur eine momentane Verirrung, ein Fieberanfall, der ihre Sinne verwirrte; und ich will ihnen gerne verzeihen ... Schauen Sie es sich dennoch an! ... Sie müssen mich schon entschuldigen, meine Herrschaften, ich spreche noch immer von diesem Häubchen: es ist aus ganz leichtem Tüll, zwischen dem Kopfteil und der Rüsche läuft ein breites, von einer Spitze verdecktes kirschrotes Band, und zwei weitere breite und lange Bänder sind rückwärts angebracht: sie werden etwas unterhalb des Nackens auf den Hals herabfallen ... Man muß das ganze Häubchen etwas in den Nacken rücken: schauen Sie nur her! Und ich werde Sie dann nach Ihrer Ansicht fragen! Ich sehe aber, daß Sie gar nicht hinschauen! Das Häubchen scheint Sie gar nicht zu interessieren ... Sie haben Ihren Blick auf etwas anderes gerichtet ... Sie sehen, wie zwei große perlengleiche Tränen blitzschnell in die pechschwarzen Augen treten, wie sie einen Augenblick in den langen Wimpern zittern und dann in dieses Nichts, das eigentlich Tüll ist und aus dem das Kunstwerk der Madame Leroux gebildet ist, herabfallen. Doch ich muß mich schon wieder ärgern: diese beiden Tränen galten anscheinend nicht nur dem Häubchen allein! Nein, so einen Gegenstand soll nur ein ganz kaltblütiger Mensch schenken; nur dann kann man seinen Wert richtig einschätzen! Ich muß gestehen, meine Herrschaften, ich gäbe für das Häubchen alles her!

Man nahm Platz: Wassja neben Lisa, und das alte Mütterchen neben Arkadij Iwanowitsch; ein Gespräch kam in Fluß, und Arkadij Iwanowitsch war der Situation durchaus gewachsen. Ich stelle dies mit Genugtuung fest. Nach einigen einleitenden Worten über Wassja, brachte er das Gespräch sehr geschickt auf Wassjas Wohltäter – Julian Mastakowitsch. Und er sprach so klug, so klug, daß das Gespräch eine ganze Stunde im Flusse blieb. Man muß es wirklich mit angehört haben, mit welchem Geschick und Takt Arkadij Iwanowitsch einige Eigentümlichkeiten Julian Mastakowitschs streifte, die eine direkte oder indirekte Beziehung zu Wassja hatten. Die alte Dame war nun auch wirklich ganz bezaubert: sie gestand es auch selbst ein; sie rief Wassja etwas zur Seite und sagte ihm, daß sein Freund ein ganz ausgezeichneter und wohlerzogener junger Mann sei; vor allen Dingen aber ein ernster und solider junger Mann. Wassja war nahe daran, vor Entzücken aufzulachen. Er mußte denken, wie dieser solide Arkascha ihn eine viertel Stunde lang auf dem Bette gewürgt hatte! Die alte Dame zwinkerte Wassja zu und bat ihn, ihr leise und unbemerkt in das andere Zimmer zu folgen. Ich muß gestehen, daß ihre Handlungsweise gegen Lisa nicht ganz einwandfrei war: von überschwenglichen Gefühlen verleitet, beging sie einen Treuebruch an ihrer Tochter und zeigte Wassja das Geschenk, das diese ihm als Überraschung zu Neujahr zugedacht hatte. Es war eine mit Glasperlen und Gold bestickte Brieftasche; die Zeichnung war entzückend: auf der einen Seite war ein sehr schnell rennender Hirsch dargestellt, so natürlich, so ungemein ähnlich und lebenswahr! Auf der anderen Seite war das Bildnis eines sehr bekannten Generals gestickt, gleichfalls vorzüglich ausgeführt und sprechend ähnlich. Von Wassjas Entzücken will ich schon gar nicht reden. Doch auch die im Salon Zurückgebliebenen hatten ihre Zeit nicht unnütz vergeudet. Lisa war auf Arkadij Iwanowitsch zugegangen, hatte seine beiden Hände ergriffen und ihm für irgend etwas gedankt; Arkadij Iwanowitsch hatte begriffen, daß die Rede wiederum vom teuren Wassja war. Lisa war sogar tief gerührt: sie hätte gehört, daß Arkadij Iwanowitsch ein so guter und aufrichtiger Freund ihres Bräutigams sei, daß er ihn so liebte, bemutterte und auf Schritt und Tritt mit seinen heilsamen Ratschlägen begleitete; darum könne sie, Lisa, nicht umhin, ihm zu danken; ja, sie könne das Gefühl ihrer Dankbarkeit gar nicht unterdrücken; sie hoffe, daß Arkadij Iwanowitsch auch sie liebgewinnen würde, und wenn auch nur halb so wie er seinen Freund liebte. Dann erkundigte sie sich, ob Wassja seine Gesundheit genügend schone, äußerte einige Bedenken wegen der allzugroßen Entzündbarkeit von Wassjas Charakter, wegen seines Mangels an Menschenkenntnis sowie seiner Unkenntnis des praktischen Lebens überhaupt; sagte, daß sie hingebungsvoll auf ihn aufpassen und sein Schicksal mit liebevoller Hand leiten würde, und daß sie schließlich hoffe, Arkadij Iwanowitsch werde sie beide nicht verlassen, sondern bei ihnen wohnen.

"Wir wollen alle drei wie ein Mensch sein!" rief sie in naiver Begeisterung aus.

Doch die Gäste mußten aufbrechen. Man versuchte natürlich, sie zurückzuhalten, Wassja erklärte aber mit aller Entschiedenheit, daß es nicht ginge. Arkadij Iwanowitsch bestätigte dies. Man fragte sie selbstverständlich nach den Gründen, und nun kam es heraus, daß Julian Mastakowitsch Wassja mit einer höchst dringenden und furchtbar wichtigenArbeit betraut hatte, die unbedingt übermorgen früh abgeliefert werden mußte, während Wassja diese Arbeit nicht nur nicht fertig gemacht habe, sondern auch furchtbar im Rückstande sei. Mütterchen schrie vor Entsetzen förmlich auf; auch Lisa erschrak sehr; sie wurde unruhig und drängte Wassja zum Gehen. Der Abschiedskuß hat aber unter dieser Eile nicht im geringsten gelitten: er war kürzer und hastiger, dafür aber glühender und leidenschaftlicher. Schließlich trennte man sich, und beide Freunde traten den Heimweg an.

Sobald sie auf der Straße waren, begannen sie sofort ihre Eindrücke auszutauschen. Das war ja durchaus natürlich: Arkadij hatte sich bereits sterblich in Lisa verliebt! Und wem sollte er es anvertrauen, wenn nicht dem Glückspilz Wassja? Er tat es auch ganz ohne Bedenken und gestand Wassja alles. Wassja mußte furchtbar lachen und war ganz außer sich vor Freude; er meinte sogar, daß die Verliebtheit Arkadijs durchaus nicht überflüssig sei und daß sie beide von nun an noch bessere Freunde sein würden als zuvor. "Du hast mich richtig verstanden, Wassja," sagte Arkadij Iwanowitsch: "ich liebe sie genau so wie dich; sie wird mein Schutzengel sein ebenso wie der deinige, denn euer Glück wird sich auch über mich ergießen, und ich werde mich in seinen Strahlen wärmen. Sie wird auch meine Hausfrau sein, Wassja. In ihren Händen wird mein Glück ruhen; ich möchte, daß sie auch in meinem Leben ebenso walten wie in dem deinigen. Ja, meine Freundschaft zu dir ist zugleich auch die Freundschaft zu ihr; ihr beide seid jetzt für mich unzertrennbar; nur werde ich jetzt zwei solche Wesen wie du haben, statt des einen ..." Arkadij konnte vor Aufregung nicht weiter sprechen, während Wassja durch diese Worte bis ins Innerste seiner Seele erschüttert war. Er hatte nämlich von Arkadij niemals solche Worte erwartet. Arkadij Iwanowitsch verstand ja sonst gar nicht zu sprechen und war allen Schwärmereien abhold; jetzt baute er auf einmal Luftschlösser, das eine freudiger, lichter und kühner als das andere! "Wie werde ich für euch sorgen und euch bemuttern!" begann er von neuem. "Erstens werde ich der Taufpate aller deiner Kinder sein, Wassja, aller ohne Ausnahme; und zweitens – muß man auch an die Zukunft denken. Man muß Möbel kaufen, eine Wohnung mieten und zwar eine solche, daß jeder von uns dreien ein Zimmer für sich hat. Weißt du, Wassja, ich will gleich morgen gehen, die Zettel an den Haustoren studieren. Drei ... nein – zwei Zimmer, mehr brauchen wir nicht. Ich glaube sogar, Wassja, daß ich Unsinn gesprochen habe: das Geld wird euch schon reichen; ganz gewiß! Als ich ihr vorhin in die Äuglein blickte, rechnete ich im Nu aus, daß das Geld reichen wird. Alles für sie! Ach, wie wir nun arbeiten werden! Man muß riskieren und fünfundzwanzig Rubel für die Wohnung auswerfen. Denn die Wohnung bedeutet alles! Wenn man gute Zimmer hat, so ist man auch gut gelaunt und hat angenehme Gedanken! Zweitens, wird Lisa unsere gemeinsame Kasse verwalten: es darf keine Kopeke unnütz ausgegeben werden! Daß ich jetzt wieder einmal ins Wirtshaus gehe? Für wen hältst du mich eigentlich? Um nichts in der Welt! Auch wird es Gehaltszulagen und Gratifikationen geben, denn wir werden jetzt mit doppeltem Eifer arbeiten. Herrgott, wie wir arbeiten werden! Wie die Ochsen! Nun stelle dir vor," – Arkadij Iwanowitschs Stimme wurde vor Seligkeit ganz matt, "stelle dir vor, daß jeder von uns so ganz unerwartet dreißig oder fünfundzwanzig Rubel als Gratifikation bekommt! Jede Gehaltszulage bedeutet aber ein neues Häubchen, oder Tüchlein, oder ein Paar Strümpfchen! Sie muß mir, übrigens, unbedingt einen neuen Schal stricken; schau, wie der meinige aussieht: gelb, ekelhaft; heute hat er mir genug Kummer gemacht! Auch du bist gut, Wassja! Stellst mich ihr vor, während ich in diesem Kummet dastehe ... Doch das gehört nicht zur Sache! Weißt du: das ganze Silber nehme ich auf mich! Ich muß ja euch ein Hochzeitsgeschenk machen, – das verlangt meine Ehre und meine Selbstachtung! Eine Neujahrszulage kriege ich ja sicher; wem wird man sie denn sonst geben? Vielleicht dem Skorochodow? Das Geld würde bei ihm nicht lange in der Tasche bleiben. Ich will euch silberne Löffel kaufen, gute Tafelmesser, keine aus Silber, aber vortreffliche Messer, und eine Weste; d. h. die Weste für mich selbst, denn ich will ja euer Trauzeuge sein! Du mußt dich aber jetzt zusammennehmen, mein Lieber! Von heute ab werde ich dich Tag und Nacht mit dem Stock antreiben, auf dich aufpassen, dir keinen Augenblick Ruhe geben, bis du mit der Arbeit fertig bist! Du mußt sie schnell fertig machen! Und wenn du fertig bist, gehen wir wieder abends hin, und werden beide glücklich sein, werden Lotto spielen, – Gott, wird das herrlich sein! Pfui, Teufel! Wie schade, daß ich dir nicht helfen kann. Ich würde mich einfach hinsetzen und alles statt deiner fertig schreiben ... Warum haben wir nicht die gleiche Handschrift?"

"Ja!" sagte Wassja. "Ja! Ich muß mich beeilen ... An die Arbeit!" Bei diesen Worten wurde Wassja, der die ganze Zeit über bald gelacht, bald die Ergüsse seines Freundes mit irgendeiner Zwischenbemerkung zu unterbrechen versucht hatte und, mit einem Worte, die größte Begeisterung für alles gezeigt hatte, plötzlich nachdenklich, schweigsam und still und begann zu rennen. Es war, als ob irgendein schwerer Gedanke seinen glühenden Kopf mit Eis abgekühlt hätte; als ob sein Herz zusammengeschrumpft wäre.

Arkadij Iwanowitsch wurde sogar unruhig; auf seine hastigen Fragen bekam er fast keine Antwort von Wassja; dieser reagierte nur mit wenigen Worten, und Ausrufen, die zuweilen gar nicht zur Sache gehörten. "Was hast du nur, Wassja?" rief er schließlich aus, als er ihn mit großer Mühe einholte. "Bist du denn so um deine Arbeit besorgt?" – "Ach, mein Lieber, wir haben genug geschwatzt!" entgegnete Wassja ärgerlich. "Wassja, verzage nicht, beruhige dich!" unterbrach ihn Arkadij Iwanowitsch: "Wie oft habe ich schon gesehen, daß du ein viel größeres Pensum in viel kürzerer Frist bewältigt hast ... Das macht dir wirklich keine Mühe! Du hast doch eine solche Begabung! Im äußersten Falle kannst du einfach das Schreibtempo beschleunigen: deine Abschrift soll doch nicht als eine Vorlage für den Schönschreibeunterricht lithographiert werden! Du wirst schon fertig werden! Jetzt bist du eben etwas aufgeregt und zerstreut, und die Arbeit wird anfangs etwas schwieriger vonstatten gehen ..." Wassja gab keine Antwort, oder brummte etwas Unverständliches vor sich hin. Endlich erreichten beide, von Unruhe gepeinigt, ihre Wohnung.

Wassja setzte sich sofort an die Arbeit. Arkadij Iwanowitsch wurde ganz still, zog sich leise aus und legte sich ins Bett, ohne seine Blicke auch nur für einen Augenblick von Wassja zu wenden ... Ihn überfiel eine eigentümliche Angst ... "Was ist mit ihm los?" fragte er sich, Wassjas blasses Gesicht, brennende Augen und unruhige Bewegungen betrachtend. "Seine Hand zittert ... Verflucht! Soll ich ihm am Ende zureden, daß er sich für etwa zwei Stunden hinlegt, damit er wenigstens seine Aufregung ausschläft? ..." Wassja hatte gerade eine

Seite beendet; er hob die Augen, doch als sein Blick zufällig Arkadij traf, schlug er sie sofort nieder und ergriff von neuem die Feder.

"Höre einmal, Wassja," begann plötzlich Arkadij Iwanowitsch, "wäre es nicht besser, wenn du etwas ausruhtest? Sieh nur: du bist wie im Fieber! ..." Wassja warf Arkadij einen ärgerlichen, sogar gehässigen Blick zu und erwiderte nichts.

"Höre einmal, Wassja, was machst du mit dir?" Wassja schien plötzlich zur Vernunft gekommen zu sein.

"Sollte ich nicht etwas Tee trinken, was meinst du, Arkascha?" sagte er.

"Warum? Wozu?"

"Das kann mich etwas stärken. Ich will nicht mehr schlafen, ich werde nicht schlafen! Ich werde die Nacht durcharbeiten. Beim Teetrinken kann ich mich etwas erholen und den schweren Augenblick überstehen."

"Ausgezeichnet, mein Lieber! Glänzend! Ich wollte eben dasselbe vorschlagen. Ich wundere mich nur, daß ich nicht schon früher auf diesen Gedanken kam. Weißt du aber was? Mawra wird nicht aufstehen wollen, sie wird um nichts in der Welt aufwachen ... "

"Ja!"

"Unsinn! Das macht nichts!" schrie Arkadij Iwanowitsch auf und sprang barfuß wie er war aus dem Bette. "Ich werde selbst den Samowar bereiten. Das ist doch wirklich nicht das erste Mal!"

Arkadij Iwanowitsch lief in die Küche und machte sich am Samowar zu schaffen; Wassja schrieb indessen weiter. Arkadij Iwanowitsch kleidete sich an und lief in eine Bäckerei, damit Wassja sich zur Nacht ordentlich stärken könnte. Nach einer Viertelstunde stand der Samowar auf dem Tisch. Sie tranken Tee, doch ein Gespräch wollte nicht zustande kommen. Wassja war zu zerstreut.

"Ja," sagte er plötzlich, wie zur Besinnung kommend, "morgen muß ich ja Neujahrsvisiten machen ..."

"Du mußt gar nicht!"

"Nein, mein Lieber, es geht einfach nicht anders!" sagte Wassja.

"Ich will mich statt deiner bei allen Vorgesetzten in die Gratulantenlisten eintragen. Brauchst gar nicht auszugehen. Bleibe nur zu Hause und schreibe. Ich würde dir raten, heute bis fünf Uhr aufzubleiben und dann schlafen zu gehen. Wie wirst du denn sonst morgen aussehen? Ich werde dich dann um punkt acht Uhr wecken ..."

"Geht denn das, daß du dich für mich in die Listen einträgst?" wandte Wassja ein, der mit dem Vorschlag schon halb einverstanden war.

"Warum denn nicht? So machen es alle!"

"Ich fürchte ..."

"Was fürchtest du?"

"Bei den andern ginge es ja noch; doch bei Julian Mastakowitsch – er ist ja mein Wohltäter, Arkascha! Und wenn er merkt, daß es nicht meine Handschrift ist ..."

"Du glaubst, daß er das merkt? Du bist wirklich sonderbar, Wassjuk! Wie kann er es merken? Du weißt ja, daß ich deine Namensunterschrift täuschend ähnlich nachmachen kann und sogar dieselbe Schleife anhänge wie du sie machst, bei Gott! Laß das! Wer kann das merken?"

Wassja antwortete nichts und trank eilig sein Glas aus. Dann schüttelte er zweifelnd den Kopf.

"Wassja, mein Lieber! Wenn das uns doch gelingen würde! Wassja, was ist mit dir? Du machst mir angst! Weißt du, Wassja, jetzt werde ich mich gar nicht mehr hinlegen, denn ich werde nicht einschlafen können. Zeig mir: ist dir noch viel übriggeblieben?"

Wassja warf Arkadij Iwanowitsch einen solchen Blick zu, daß diesem das Herz still stand und der Atem stockte.

"Wassja! Was ist mit dir? Was hast du? Was siehst du mich so an?"

"Arkadij! Ich werde morgen zu Julian Mastakowitsch gehen und gratulieren!"

"Gut! Gehe meinetwegen!" sagte Arkadij, ihn erwartungsvoll anblickend. "Höre, Wassja, beschleunige das Tempo: ich werde dir doch nichts Schlechtes raten, bei Gott! Wie oft hat dir schon Julian Mastakowitsch selbst gesagt, daß ihm an deiner Handschrift am meisten die Leserlichkeit gefällt! Nur Skoropljochin verlangt, daß die Handschrift leserlich und zugleich auch kalligraphisch sei, doch nur um später irgendein Papier auf die Seite zu schaffen und es seinen Kindern als Schönschreibvorlage nach Hause zu bringen; als ob sich der Schafskopf nicht richtige Vorlagen kaufen könnte! Doch Julian Mastakowitsch verlangt nur das eine: Leserlichkeit! ... Was willst du noch mehr? Ich weiß schon gar nicht, Wassja, wie ich mit dir sprechen soll ... Ich habe sogar Angst ... Du bringst mich mit deinem Trübsinn um!"

"Es ist nichts, es ist nichts ..." sagte Wassja und fiel ermattet in seinen Sessel zurück. Arkadij wurde unruhig.

"Willst du Wasser? Wassja! Wassja!"

"Nein, laß nur," sagte Wassja, ihm die Hand drückend. "Es ist nichts ... Mir wurde etwas traurig zumute, Arkadij ... Ich weiß selbst nicht warum ... Höre einmal, sprich doch lieber von etwas anderem, erinnere mich nicht daran ..."

"Beruhige dich, Wassja, beruhige dich, um Gottes willen! Du wirst schon fertig! Bei Gott, du wirst fertig! Und wenn du sogar nicht fertig wirst, so ist es auch kein großes Unglück! Das wäre doch wirklich kein Verbrechen!"

"Arkadij!" sagte Wassja und blickte dabei seinen Freund so bedeutungsvoll an, daß dieser noch mehr erschrak; er hatte Wassja noch nie in solcher Unruhe gesehen. "Wäre ich allein, wie früher ... Nein, das ist nicht das Richtige! ... Ich will dir ja alles sagen und anvertrauen wie einem Freunde ... warum soll ich dich, übrigens, beunruhigen? ... Siehst du, Arkadij: den Einen ist viel gegeben, und die Andern verrichten nur Geringes, wie ich. Nun stelle dir vor, daß man von dir ein Zeichen der Dankbarkeit und Anerkennung verlangt, und du es nicht geben kannst? ..."

"Wassja, ich verstehe dich wirklich nicht!"

"Ich bin niemals undankbar gewesen," fuhr Wassja fort, als redete er zu sich selbst. "Doch wenn ich nicht die Kraft habe, alles auszudrücken, was ich sagen will, so sieht es so aus, als ob ... Das sieht so aus, Arkadij, als ob ich wirklich undankbar wäre, und das bringt mich um."

"Was sagst du da! Besteht denn deine ganze Dankbarkeit nur darin, daß du die Arbeit rechtzeitig ablieferst! Überlege dir selbst, was du sagst! Drückt man denn seine Dankbarkeit auf diese Weise aus?"

Wassja verstummte plötzlich und sah Arkadij mit großen Augen an, als hätte dessen unerwartetes Argument alle seine Bedenken zerstreut. Er lächelte sogar, nahm aber sofort wieder seinen nachdenklichen Gesichtsausdruck an. Arkadij, der dieses Lächeln als das Ende aller Angst, und die neue Unruhe als einen Entschluß zu etwas Besserem auffaßte, war außerordentlich erfreut.

"Also, lieber Arkascha," sagte Wassja, "wenn du während der Nacht aufwachst, so schaue nach mir: denn wenn ich einschlafe, gibt es ein Unglück. Und jetzt mache ich mich an die Arbeit ... Arkascha!"

"Was denn?"

"Nein, nichts ... Ich wollte nur ..."

Wassja setzte sich an die Arbeit, und Arkadij legte sich zu Bett. Weder der eine noch der andere hatte auch nur ein Wort von ihrem Besuch in der Kolomna-Vorstadt fallen lassen. Vielleicht fühlten sie sich beide etwas schuldig, weil sie den Nachmittag geopfert hatten. Arkadij schlief bald ein, bange Sorge um Wassja im Herzen. Zu seinem Erstaunen erwachte er um punkt acht Uhr. Wassja schlief auf seinem Stuhl, die Feder in der Hand, ganz blaß und erschöpft; die Kerze war niedergebrannt. In der Küche machte sich Mawra am Samowar zu schaffen.

"Wassja! Wassja!" rief Arkadij erschrocken aus: "Wann bist du eingeschlafen?"

Wassja schlug die Augen auf und sprang vom Stuhl.

"Ach!" sagte er, "nun bin ich also doch eingeschlafen!"

Er stürzte sofort zu seinen Papieren: alles war in bester Ordnung. Auf den Papieren gab es weder Tintenklexe, noch Talgflecken von der Kerze.

"Ich glaube, ich bin so gegen sechs eingeschlafen," sagte Wassja. "Wie kalt es doch in der Nacht ist! Nun wollen wir Tee trinken, und dann fange ich wieder an ..."

"Nun, hat dich der Schlaf gestärkt?"

"Ja, ja, jetzt geht es!"

"Prosit Neujahr, Wassja!"

"Guten Morgen, mein Freund, guten Morgen! Auch ich wünsche dir alles Gute zum Neuen Jahr!"

Sie umarmten sich. Wassjas Kinn zitterte, und seine Augen füllten sich mit Tränen. Arkadij Iwanowitsch schwieg: es war ihm recht bitter zumute. Beide tranken ihren Tee hastig herunter ...

"Arkadij! Ich habe mich entschlossen: ich gehe selbst zu Julian Mastakowitsch ..." "Er wird es doch gar nicht merken ..."

"Ich habe beinahe Gewissensbisse, mein Lieber."

"Du sitzt doch seinetwegen da und richtest dich seinetwegen zugrunde ... Tue es lieber nicht! ... Und ich werde zu ihnen gehen ..."

"Zu wem?" fragte Wassja.

"Zu den Artemjews, ich werde auch in deinem Namen gratulieren."

"Mein Lieber, mein Guter! Ja! Und ich werde hier bleiben. Dein Einfall ist wirklich gut; ich arbeite ja und vertrödele meine Zeit nicht! Warte nur einen Augenblick: ich werde gleich einen Brief schreiben."

"Schreibe ihn nur, mein Lieber, schreibe! Ich werde mich inzwischen waschen und rasieren und den Frack abbürsten. Ja, Freund Wassja, nun werden wir beide zufrieden und glücklich sein. Umarme mich, Wassja!"

"Ach, wenn nur alles gut ausginge!"

"Wohnt hier der Herr Beamte Schumkow?" ertönte eine Kinderstimme auf der Treppe.

"Hier, Väterchen, hier!" antwortete Mawra und ließ den Gast eintreten.

"Wer ist da? Wer?" rief Wassja, von seinem Platz aufspringend und ins Vorzimmer stürzend. "Bist du es, Petinka?""Guten Morgen, Wassilij Petrowitsch, habe die Ehre, Ihnen ein glückliches Neues Jahr zu wünschen!" sagte ein reizender etwa zehnjähriger Bengel mit schwarzen Locken. "Mein Schwesterchen läßt grüßen, Mamachen ebenfalls, und Schwesterchen hat mich beauftragt, Sie von ihr zu küssen ..."

Wassja hob den Boten in die Luft und drückte auf seine Lippen, die den Lippen Lisas ungemein ähnlich sahen, einen langen, honigsüßen, leidenschaftlichen Kuß.

"Küsse auch du, Arkadij!" sagte er zu seinem Freund, ihm Petja übergebend; und Petja wanderte, ohne die Erde zu berühren, in die mächtige und wirklich gierige Umarmung Arkadij Iwanowitschs.

"Willst du Tee, Schätzchen?"

"Ich danke verbindlichst! Wir haben schon Tee getrunken. Heute sind wir früh aufgestanden. Die Unsrigen gingen zur Messe. Schwesterchen hat mir zwei Stunden lang die Locken gekämmt und pomadisiert, hat mich gewaschen und mir die Hose geflickt; denn ich habe sie gestern auf der Straße zerrissen, als ich mit Saschka Schneeballen spielte ..."

"Nun, und weiter?"

"Sie putzte mich also aus, um zu Ihnen zu gehen; dann pomadisierte sie mir das Haar, dann küßte sie mich halb tot und sagte dabei: "Geh jetzt zu Wassja, gratuliere ihm zum Neuen Jahr und frage ihn, ob er sich wohl fühlt, ob er gut geschlafen hat ..." Und dann sollte ich noch etwas fragen ... Ja, ob die Arbeit beendet sei, wegen der Sie gestern ... Wie hieß es noch? Sie hat es mir aufgeschrieben," sagte der Junge und las vom Zettel ab, den er aus der Tasche holte: "Ja! Wegen der Sie gestern so besorgt waren."

"Ich werde sie fertigmachen! Es wird schon werden! Sage ihr, daß ich die Arbeit unbedingt fertig machen werde, mein Ehrenwort drauf!"

"Und dann noch etwas ... Ach ja! Ich hätte es beinahe vergessen: Schwesterchen schickt Ihnen ein Brieflein und ein Präsent!"

"Mein Gott! Wo hast du es, mein Schätzchen? Hier! Sieh nur her, was sie mir schreibt! Die Liebe, Gute! ... Weißt du, ich sah gestern eine Brieftasche, die sie für mich gestickt hat; das Geschenk ist noch nicht fertig. Nun schreibt sie mir: "Also schicke ich Ihnen vorläufig eine meiner Locken, und das Geschenk bekommen Sie ein anderes Mal." Sieh nur her, mein Lieber!"

Und der erschütterte Wassja zeigte Arkadij Iwanowitsch eine Locke dichtester und schwärzester Haare, die es nur in der Welt gibt; dann küßte er sie und verwahrte sie in der Brusttasche, dem Herzen am nächsten.

"Wassja! Ich werde dir für diese Locke ein Medaillon machen lassen!" erklärte schließlich Arkadij Iwanowitsch sehr entschieden.

"Und zum Mittag gibts bei uns heute Kalbsbraten, und morgen Hirn. Mama will auch noch Zuckerbrot backen ... Hirsenbrei wird es heute nicht geben!" setzte der Junge nach kurzer Überlegung hinzu, um seinen Bericht abzuschließen.

"Teufel noch einmal! Was das für ein hübscher Knabe ist!" rief Arkadij Iwanowitsch aus: "Wassja, du bist wirklich der glücklichste der Sterblichen!"

Der Junge trank seinen Tee aus, erhielt einen Brief samt tausend Küssen und ging, glücklich und munter, wie er gekommen war, nach Hause.

"Nun siehst du, mein Lieber," begann hocherfreut Arkadij Iwanowitsch, "wie schön alles ist! Alles hat sich zum Besten gewendet, verzage nicht und jammere nicht! Vorwärts, mach deine Arbeit fertig! Um zwei Uhr bin ich wieder zurück. Ich fahre zu ihnen und dann zu Julian Mastakowitsch."

"Lebe wohl, mein Lieber, auf Wiedersehen! Ach, wenn doch alles gut ablaufen wollte! ... Also gut, geh!" sagte Wassja: "Ich habe mich endgültig entschlossen, nicht zu Julian Mastakowitsch zu gehen." "Lebe Wohl!"

"Warte noch, mein Lieber; sage ihnen ... Nun, das wirst du schon selbst wissen, was du sagen sollst; küsse sie von mir ... Und später, wenn du zurück bist, wirst du mir alles ganz genau berichten ..."

"Gewiß, gewiß, ich werde schon wissen, was zu sagen! Das Glück hat dich wohl ganz verrückt gemacht! Es kam zu plötzlich ... Seit gestern bist du aus Rand und Band. Du hast dich von den gestrigen Eindrücken wohl noch nicht erholt. Nun Schluß! Nimm dich zusammen, Wassja! Lebe wohl!"

Endlich trennten sich die Freunde. Arkadij Iwanowitsch war den ganzen Morgen über zerstreut und dachte nur an Wassja. Er kannte ja dessen schwache und leicht erregbare Natur. "Ja, das Glück hat ihn verrückt gemacht!" sagte er zu sich selbst: "Ich habe mich nicht getäuscht! Mein Gott! Er hat ja auch mich mit seiner Aufregung angesteckt. Und woraus dieser Mensch eine Tragödie macht! Dieser Heißsporn! Ach, ich muß ihn retten, ich muß ihn retten!" wiederholte Arkadij Iwanowitsch vor sich hin: er merkte gar nicht, daß auch er selbst aus einer kleinen häuslichen Unannehmlichkeit ein großes und wahres Unglück gemacht hatte. Erst gegen elf Uhr langte er im Vorzimmer des Julian Mastakowitsch an, um seinen bescheidenen Namen der endlosen Namenreihe anderer ehrfurchtsvoller Gratulanten hinzuzufügen, die sich schon auf der in der Portierloge ausliegenden, verschmierten und vollgekritzelten Liste eingetragen hatten. Wie groß war sein Erstaunen, als er auf dieser Liste die eigenhändige Unterschrift Wassja Schumkows entdeckte! Das wirkte auf ihn geradezu niederschmetternd. "Was ist mit ihm geschehen?" fragte er sich. Arkadij Iwanowitsch, der erst vor kurzem wieder zu hoffen angefangen hatte, verließ die Portierloge ganz bestürzt. Irgendein Unglück war im Anzug – das stand fest. Doch was für ein Unglück und woher sollte es kommen?

Nach der Kolomna-Vorstadt kam er mit trüben Gedanken und war anfangs sehr zerstreut. Nach einer Unterredung mit Lisa verließ er das Haus mit Tränen in den Augen, denn er war wegen Wassja in größter Angst. Er eilte nach Hause im Laufschritt und stieß am Newakai mit Schumkow zusammen, der ebenfalls irgendwohin rannte.

"Wo willst du hin?" schrie ihn Arkadij Iwanowitsch an.

Wassja blieb stehen, so bestürzt, als hätte man ihn an einem Verbrechen ertappt. "Ich bin nur so ... etwas ausgegangen, wollte etwas spazieren ..."

"Konntest es nicht aushalten? Wolltest eben nach der Kolomna-Vorstadt gehen? Ach, Wassja, Wassja! Warum bist du nun doch zu Julian Mastakowitsch gegangen?"

Wassja gab zuerst keine Antwort. Dann winkte er mit der Hand ab und sagte: "Arkadij! Ich weiß selbst nicht, was mit mir ist! Ich ..."

"Gut, Wassja, beruhige dich! Ich weiß ja, was es ist. Beruhige dich! Du bist ja noch von den gestrigen Eindrücken so aufgeregt! Bedenke doch: es ist wirklich nicht schwer, diese Aufregung zu überwinden! Alle lieben dich, alle machen dir den Hof, deine Arbeit geht gut vorwärts, du wirst sie fertig machen, du wirst sie unbedingt fertig machen, ich weiß es! Du hast dir wohl etwas eingebildet, hast irgendeinen unbegründeten Angstanfall."

"Nein, nein, es ist nichts ..."

"Weißt du es noch, Wassja? Du hast schon einmal dasselbe gehabt. Kannst du dich noch erinnern? Als du befördert wurdest, verdoppeltest du vor lauter Glück und Dankbarkeit deinen Eifer, und die Folge davon war, daß du eine ganze Woche lang jede Arbeit verdarbst. Und nun bist du im gleichen Zustande ..."

"Ja, ja, Arkadij ... Doch jetzt ist die Sache anders, ganz anders ..."

"Warum soll es jetzt anders sein? Ich bitte dich! Die Arbeit ist vielleicht gar nicht so dringend, und du richtest dich ganz unnütz zugrunde ..."

"Nein, nein, es macht nichts ... Gehen wir!"

"Also nach Hause und nicht zu ihnen?"

"Nein, mein Lieber! Mit diesem Gesicht kann ich doch nicht zu ihnen kommen! Ich habe es mir schon überlegt. Ich konnte es ohne dich zu Hause nicht aushalten; doch jetzt, wo du wieder bei mir bist, mache ich mich gleich an die Arbeit. Gehen wir!"

Sie gingen zusammen weiter. Anfangs schwiegen sie beide. Wassja hatte jetzt wieder große Eile.

"Warum erkundigst du dich nicht nach ihnen?" fragte Arkadij Iwanowitsch.

"Ach ja! Arkascha, wie war es dort?"

"Wassja! Du bist plötzlich ganz verändert!"

"Es macht nichts, es macht nichts. Erzähle mir alles, Arkascha!" sagte Wassja mit flehender Stimme, als wollte er allen weiteren Auseinandersetzungen aus dem Wege gehen. Arkadij Iwanowitsch seufzte auf: das Benehmen Wassjas brachte ihn ganz aus der Fassung.

Der Bericht aus der Kolomna-Vorstadt belebte Wassja wieder. Er wurde sogar gesprächig. Zu Hause angelangt, aßen sie zuerst zu Mittag. Die alte Dame hatte Arkadij Iwanowitschs Taschen mit Zuckergebäck vollgestopft; die Freunde verzehrten es nun und kamen allmählich in gute Stimmung. Wassja versprach, sich gleich nach dem Essen hinzulegen, um später die ganze Nacht aufbleiben zu können. Er legte sich auch wirklich hin. Noch am Morgen hatte jemand, dem man nicht absagen konnte, Arkadij Iwanowitsch zum Tee eingeladen. Die Freunde mußten sich nun trennen. Arkadij nahm sich vor, möglichst bald heimzukommen, vielleicht schon um acht Uhr. Die drei Stunden der Trennung kamen ihm wie drei Jahre vor. Endlich gelang es ihm, aufzubrechen, und er eilte nach Hause. Im Zimmer war es dunkel. Wassja war nicht zu Hause. Er fragte bei Mawra. Mawra sagte ihm, daß Wassja gar nicht geschlafen, sondern die ganze Zeit über geschrieben habe; dann sei er im Zimmer auf und ab gegangen, und dann, etwa vor einer Stunde, sei er weggelaufen und hätte

Mawra gesagt, daß er nach einer halben Stunde wieder da sein würde. "Und wenn der Herr inzwischenkommt, so sag ihm, Alte," schloß Mawra ihren Bericht, "daß ich spazieren gegangen sei, – das hat er mir drei, oder sogar viermal befohlen."

"Er ist bei den Artemjews!" sagte sich Arkadij Iwanowitsch und schüttelte den Kopf.

Eine Minute später sprang er auf, von einer neuen Hoffnung beseelt: "Er ist wohl einfach fertig geworden, das wird es sein! Und dann hielt er es nicht aus und lief hin. Aber nein! Er hätte doch auf mich gewartet ... Ich will einmal nachschauen, wie es mit seiner Arbeit steht!"

Er zündete die Kerze an und ging an Wassjas Schreibtisch: die Arbeit ging gut vorwärts, und es blieb anscheinend gar nicht so viel übrig. Arkadij Iwanowitsch wollte weiter blättern, doch in diesem Augenblick trat Wassja ein.

"Ach! Du bist hier?" rief er aus und fuhr vor Schreck zusammen.

Arkadij Iwanowitsch schwieg. Er fürchtete, Wassja irgend etwas zu fragen. Wassja schlug die Augen nieder und begann ebenfalls in den Papieren zu blättern. Schließlich begegneten sich ihre Blicke. Wassjas Blick war so bittend, flehend und hoffnungslos, daß Arkadij zusammenfuhr. Sein Herz erbebte und floß über:

"Wassja, Bruderherz, was ist mit dir? Was hast du?" schrie er, auf ihn losstürzend und ihn in seine Arme schließend. "Erkläre mir doch alles! Ich verstehe dich nicht, auch deine Traurigkeit verstehe ich nicht! Was ist mit dir, du mein Märtyrer? Was? Sage mir doch alles, ohne etwas zu verheimlichen. Es kann doch nicht sein, daß nur diese eine Ursache ..."

Wassja schmiegte sich fest an ihn und konnte kein Wort hervorbringen. Sein Atem stockte.

"Genug, Wassja, schon gut! Nun, nehmen wir an, daß du mit der Arbeit nicht fertig wirst, – was ist denn dabei? Ich verstehe dich nicht! Erzähle mir offen, warum du so leidest. Du siehst doch, daß ich für dich ... Ach, mein Gott, mein Gott!" sagte er, immer auf und ab gehend und nach jedem Gegenstand greifend, der ihm gerade unter die Hände kam, als suchte er eine Arznei für Wassja. "Ich werde morgen statt deiner zu Julian Mastakowitsch gehen, ich werde ihn bitten, ihn um einen Tag Aufschub für dich anflehen. Ich will ihm alles, alles erklären, wenn er dich so quält ... "

"Gott behüte!" schrie Wassja auf. Er war kreidebleich und konnte sich kaum auf den Beinen halten.

"Wassja! Wassja!"

Wassja kam zu sich. Seine Lippen bebten. Er wollte etwas sagen, konnte aber nur stumm und krampfhaft Arkadijs Hand drücken. Seine Hand war kalt. Arkadij stand vor ihm in banger, qualvoller Erwartung. Wassja blickte ihn wieder an.

"Wassja! Gott sei mit dir! Du hast mein Herz zerrissen, du mein lieber, guter Freund!"

Tränenfluten stürzten aus Wassjas Augen; er fiel in Arkadijs Arme.

"Ich habe dich betrogen, Arkadij," sagte er, "ich habe dich betrogen! Verzeihe es mir ... Verzeihe ... Ich habe meinen besten Freund betrogen ..."

"Was ist denn, Wassja? Was?" fragte Arkadij voller Entsetzen.

"Hier!"

Und Wassja holte mit verzweifelter Gebärde aus der Tischschublade sechs sehr dicke Hefte hervor, die genau so aussahen wie das, das er abschrieb, und schleuderte sie auf den Tisch.

"Was ist denn das?"

"Das alles muß ich bis übermorgen abschreiben! Ich kann kaum den vierten Teil davon fertig machen!"

"Frage nicht, frage nicht, wie das geschehen ist," fuhr Wassja fort: er wollte sich nun offenbar das Herz erleichtern. "Arkadij! Mein Freund! Ich weiß selbst nicht, was mit mir war. Es ist mir, als ob ich jetzt erst aus einem Traume erwachte. Ich habe ganze drei Wochen verloren. Ich bin immer ... zu ihr gelaufen ... Das Herz tat mir weh, ich verzehrte mich ... in Ungewißheit ... Ich konnte nicht schreiben. Ich konnte an die Arbeit nicht einmal denken. Und erst jetzt, wo das Glück mir schon so nahe ist, bin ich zur Besinnung gekommen."

"Wassja!" begann Arkadij Iwanowitsch energisch. "Wassja! Ich werde dich retten! Jetzt begreife ich alles. Die Sache ist wirklich ernst. Ich werde dich retten! Höre, höre, was ich dir sagen werde: ich gehe gleich morgen zu Julian Mastakowitsch ... Schüttele nicht den Kopf, sondern höre mir zu! Ich werde ihm den ganzen Sachverhalt erzählen; du mußt mir erlauben, das zu tun ... Ich will ihm alles erklären! ... Ich gehe bis zum Äußersten! Ich werde ihm erzählen, wie unglücklich du bist und wie du dich quälst ..."

"Weißt du auch, daß du mich jetzt umbringst?" versetzte Wassja, den es vor Schreck kalt überlief.

Arkadij Iwanowitsch erbleichte zunächst; dann überlegte er sich und lachte auf.

"Ist das alles? Bedenke doch, Wassja, was du sprichst! Schämst du dich gar nicht? Höre einmal! Ich sehe, daß ich dich kränke. Du siehst also, daß ich dich verstehe, und daß ich weiß, was in dir vorgeht. Wir leben ja, Gott sei Dank, schon fünf Jahre zusammen. Du bist ein zarter, guter Mensch, doch sehr schwach, unverzeihlich schwach. Das hat auch schon Lisaweta Michailowna bemerkt. Außerdem bist du auch ein Träumer, und das ist ebenfalls nicht gut; man kann dabei leicht den Verstand verlieren, mein Lieber! Höre einmal, ich weiß ja, was du willst! Du willst zum Beispiel, daß Julian Mastakowitsch ganz außer sich vor Freude sei, weil du heiratest, und aus diesem Anlasse sogar einen Ball geben möchte ... Warte, warte! Du verziehst das Gesicht. Siehst du, schon wegen dieser paar Worte bist du für Julian Mastakowitsch beleidigt! Ich will also nicht mehr von ihm sprechen. Ich verehre ihn ja nicht weniger als du. Aber das wirst du nicht bestreiten und mir auch nicht zu denken verbieten: dein Wunsch ist, daß es keinen einzigen unglücklichen Menschen auf Erden mehr gäbe, wenn du heiratest ... Ja, mein Lieber, du mußt mir zugeben, daß es dein Wunsch ist, daß zum Beispiel ich, dein bester Freund, plötzlich ein Kapital von hunderttausend Rubeln besäße; daß alle Feinde, die es nur in der Welt gibt, sich ganz plötzlich ohne sichtbaren Grund aussöhnten, daß sie sich mitten auf der Straße vor Freude umarmten und dann vielleicht alle zu dir in die Wohnung zu Gast kämen. Mein lieber Freund!

Ich spaße gar nicht, denn es ist so! Du hast mir schon oft genug ähnliche Bilder ausgemalt! Weil du glücklich bist, willst du, daß auch alle andern glücklich seien. Es ist für dich schwer und kränkend, allein glücklich zu sein!

Darum bemühst du dich mit aller Kraft, dich deines Glückes würdig zu erweisen und willst zur Beruhigung deines Gewissens irgendeine Heldentat vollbringen! Nun, ich verstehe es sehr gut, daß du dich quälen mußt, wenn du bei irgendeiner Gelegenheit, wo es deinen Eifer, dein Können und, sagen wir einmal, deine Dankbarkeit zu zeigen gilt, es zu tun versäumst! Dich kränkt und bedrückt der Gedanke, daß Julian Mastakowitsch die Nase rümpfen und vielleicht auch wirklich böse werden wird, wenn er sieht, daß du die auf dich gesetzten Hoffnungen nicht erfüllt hast. Es ist dir bitter, daran zu denken, daß du vielleicht von dem, den du für deinen Wohltäter hältst, Vorwürfe zu hören bekommst, und das gerade in einem solchen Augenblick! In einem Augenblick, wo dein Herz von Freude überströmt, und du nicht weißt, auf wen du deine Dankbarkeit ergießen sollst ... Es ist doch so? Nicht wahr?" Arkadij Iwanowitsch sagte das mit bebender Stimme. Nun schwieg er und holte tief Atem.

Wassja blickte seinen Freund voller Liebe an. Ein Lächeln umspielte seine Lippen.

Sein Gesicht belebte sich sogar in Erwartung einer Hoffnung.

"Also höre, was ich dir sage," fuhr Arkadij Iwanowitsch fort, von neuer Hoffnung begeistert. "Es ist doch nicht nötig, daß du Julian Mastakowitschs Gewogenheit verlierst. Es ist doch so, mein Lieber? Ist das nicht der Kernpunkt der Sache? Und wenn das wirklich der Kernpunkt ist, so will ich mich für dich opfern!" Arkadij Iwanowitsch sprang bei diesen Worten vom Stuhle auf. "Ich werde gleich morgen zu Julian Mastakowitsch gehen ... Widersprich mir nicht! Wassja, du machst aus deiner kleinen Nachlässigkeit ein Verbrechen. Julian Mastakowitsch ist aber großmütig und barmherzig, er ist auch ein ganz anderer Mensch als du! Er wird uns anhören und dir aus der Klemme helfen. Nun, bist du jetzt beruhigt?"

Wassja, dem die Tränen in den Augen standen, drückte Arkadijs Hand.

"Laß gut sein, Arkadij!" sagte er. "Es ist nun beschlossene Sache. Ich habe die Arbeit nicht fertig gemacht, – gut! Daran ist eben nichts zu ändern. Du brauchst gar nicht hinzugehen: ich will selbst zu ihm gehen und ihm alles erzählen. Ich bin jetzt ruhig, vollkommen ruhig. Du brauchst also nicht hinzugehen ... Höre nur ..."

"Wassja, teurer Wassja!" rief Arkadij Iwanowitsch freudig aus. "Ich habe ja nur deine eigenen Gedanken ausgesprochen. Ich freue mich, daß du nun zur Besinnung gekommen bist und dich beruhigt hast. Was mit dir auch geschehen wird, – ich bin immer bei dir, vergiß das nicht! Ich sehe, dich quält der Gedanke, daß ich mit Julian Mastakowitsch sprechen will. Gut, ich will mit ihm nicht sprechen, du wirst selbst mit ihm sprechen und ihm alles sagen. Siehst du, du mußt morgen zu ihm gehen ... Oder nein: du bleibst zu Hause und schreibst weiter, verstehst du mich? Und ich werde zu erfahren suchen, ob die Sache sehr dringend ist oder nicht, ob die Arbeit unbedingt zum Termin abgeliefert werden muß oder nicht, und was du riskierst, wenn du den Termin versäumst. Und dann komme ich sofort zu dir und berichte dir alles ... Du siehst also: schon gibt es eine Hoffnung! Stelle dir nur vor, daß die Sache gar nicht dringend ist, – dann hast du alles gewonnen! Es ist auch möglich, daß Julian Mastakowitsch das Ganze vergessen hat – dann bist du gerettet!" Wassja schüttelte zweifelnd den Kopf. Doch er blickte seinen Freund noch immer dankbar an.

"Nun gut! Ich bin so schwach, so matt," sagte er, um Atem ringend. "Ich will auch selbst nicht mehr daran denken. Sprechen wir von etwas anderm! Ich werde jetzt sogar nicht mehr schreiben; höchstens nur noch zwei Seiten, bis ich zu einem neuen Absatz komme. Höre ... Ich wollte dich schon lange fragen: wieso kennst du mich so gut?"

Aus seinen Augen fielen Tränen auf Arkadijs Hände.

"Wenn du wüßtest, Wassja, wie sehr ich dich liebe, würdest du nicht so fragen!"

"Ja, ja, Arkadij, das weiß ich eben nicht, denn ich weiß nicht, wofür du mich so lieb gewonnen hast! Ja, Arkadij, weißt du auch, daß deine Liebe mich schon oft bedrückt hat? Weißt du, wie oft ich weinte, wenn ich vor dem Einschlafen an dich dachte (wenn ich mich schlafen lege, muß ich immer an dich denken), und wie mein Herze bebte, weil ... Nun weil du mich so sehr liebst, und ich mein Herz nicht erleichtern und dir nicht so danken kann, wie ich es gerne möchte ..."

"Siehst du, Wassja, siehst du: so bist du immer! ... Sieh nur, wie aufgeregt du jetzt bist," sagte Arkadij, dem das Herz weh tat beim Gedanken an den gestrigen Auftritt auf der Straße.

"Schon gut! Du willst, daß ich mich beruhige, ich war aber noch nie so ruhig und glücklich, wie ich es in diesem Augenblick bin! Weißt du ... Höre einmal, ich möchte dir so gerne alles sagen, ich fürchte aber, dich zu kränken ... Denn wenn du gekränkt bist, schreist du mich an, und ich erschrecke dann ... Sieh nur, wie ich jetzt zittere, ich weiß selbst nicht, warum ... Ich wollte dir also folgendes sagen. Mir scheint, daß ich mich bisher selbst nicht gekannt habe, – ja! Auch die andern Menschen habe ich erst gestern richtig kennen gelernt. Ich konnte sie bisher nicht verstehen und richtig einschätzen. Mein Herz ... war verhärtet ... Höre einmal, wie kam es, daß ich keinem Menschen etwas Gutes getan habe, weil ich es einfach nicht tun konnte, weil auch mein Äußeres unangenehm ist? ... Und jeder Mensch hat mir Gutes erwiesen! Du aber am meisten: sehe ich es denn nicht? Ich habe nur geschwiegen, immer geschwiegen!"

"Wassja, genug!"

"Ja, Arkascha, ja ... Ich habe ja nichts gesagt ..." unterbrach ihn Wassja mit tränenerstickter Stimme "Ich habe dir gestern von Julian Mastakowitsch erzählt; du weißt auch selbst, daß er sonst streng und unzugänglich ist; auch dir hat er schon einigemal Rügen erteilt; nun hat er aber gestern mit mir gescherzt, war so gütig zu mir und hat mir sein gutes Herz gezeigt, das er sonst vor allen andern wohlweislich verbirgt ..."

"Was folgt daraus, Wassja? Nur daß du deines Glückes durchaus würdig bist."

"Ach, Arkascha! Wie gerne möchte ich die Arbeit fertig haben ... Doch ich werde wohl selbst mein Glück vernichten! Ich habe so eine Vorahnung! ... Nein, nicht deswegen," unterbrach sich Wassja, als er merkte, daß Arkadij nach dem zentnerschweren Papierstoß auf dem Tische schielte: "Das ist ja nur beschriebenes Papier, also nichts ... Unsinn! Diese Frage ist ja schon erledigt! Arkascha, ich war heute in der Kolomna-Vorstadt ... Ich bin nicht hineingegangen, so schwer und bitter war es mir zumute! Ich stand nur eine Weile vor der Türe. Sie spielte Klavier, und ich hörte draußen zu. Denn siehst du, Arkadij," fügte er leise hinzu, "ich wagte nicht einzutreten ..."

"Höre, Wassja, was hast du? Warum schaust du mich so an?"

"Was? Nichts! Mir schwindelt ein wenig im Kopfe, die Beine zittern mir; das kommt, weil ich die ganze Nacht aufgeblieben bin. Ja! Es ist mir ganz grün vor den Augen. Und hier ..."

Er zeigte auf sein Herz und wurde ohnmächtig.

Als er wieder zu sich kam, wollte Arkadij Gewaltmaßregeln ergreifen. Er wollte ihn gewaltsam ins Bett legen. Wassja wollte sich nicht fügen. Er weinte, rang die Hände, wollte sich wieder an die Arbeit machen, um unbedingt noch die zwei Seiten fertig zu schreiben. Um ihn nicht noch mehr aufzuregen, ließ ihn Arkadij an den Schreibtisch gehen.

"Siehst du," sagte Wassja, während er sich vor seinen Tisch setzte, "siehst du, auch ich habe eine Idee, eine Hoffnung."

Er lächelte Arkadij zu, und über sein blasses Gesicht schien wirklich etwas wie ein Hoffnungsstrahl zu huschen.

"Ich denke es mir so: ich will ihm übermorgen einen Teil der Arbeit bringen. Und wegen des Restes will ich ihm etwas vorlügen, werde sagen, daß das übrige verbrannt ist, oder feucht geworden, oder daß ich es einfach verloren habe ... nun, schließlich, daß ich nicht fertig geworden bin; ich kann ja nicht lügen! Ich will ihm, weißt du, alles erklären und ihm ganz offen sagen, wie sich die Sache verhält ... Ich will ihm von meiner Liebe erzählen; er hat ja selbst vor kurzem geheiratet, also wird er mich verstehen! Ich werde das alles natürlich in höchst ehrfurchtsvollem, bescheidenem Tone vorbringen; er wird meine Tränen sehen, und sie werden ihn rühren ..."

"Ja, gewiß, gehe nur zu ihm hin, erkläre ihm alles ... Du brauchst sogar die Tränen nicht! Wozu auch? Wassja, du hast mich wirklich mit deiner Angst angesteckt."

"Ja, ich werde hingehen, ich werde hingehen. Und jetzt laß mich weiterschreiben, Arkascha. Ich tue ja keinem Menschen etwas, laß mich schreiben!"

Arkadij warf sich aufs Bett. Er traute Wassja nicht, er traute ihm gar nicht. Wassja war zu allem fähig. Doch um Entschuldigung bitten? – warum, wozu? Es handelte sich doch um etwas ganz anderes. Es handelte sich doch darum, daß Wassja einer übernommenen Pflicht nicht nachgekommen war, daß er sich vor sich selbst schuldig fühlte; daß er dem Schicksal gegenüber undankbar zu sein glaubte, daß er von seinem Glück erschüttert und erdrückt war und sich dieses Glücks für unwürdig hielt; und schließlich daß das Ganze für ihn nur ein Vorwand war, während er in Wirklichkeit nach all dem Unerwarteten, das er gestern erlebt hatte, noch nicht recht zur Besinnung gekommen war. Das ist es! sagte sich Arkadij Iwanowitsch. Man muß ihn retten. Man muß ihn mit sich selbst versöhnen. Denn er selbst hat sich beinahe aufgegeben. Er dachte noch lange nach und entschloß sich endlich, sogleich zu Julian Mastakowitsch zu gehen, vielleicht schon morgen, und ihm alles zu erzählen.

Wassja saß und schrieb. Arkadij Iwanowitsch, der sehr müde war, legte sich etwas hin, mit der Absicht, noch etwas über die Sache nachzudenken. Er schlief ein und erwachte erst gegen morgen.

"Teufel! Schon wieder!" schrie er auf. Er sah nach Wassja: dieser saß und schrieb noch immer.

Arkadij stürzte zu ihm hin, nahm ihn in seine Arme und legte ihn mit Gewalt ins Bett. Wassja lächelte; die Augen fielen ihm vor Mattigkeit zu. Er konnte kaum sprechen.

"Ich wollte mich schon selbst hinlegen," sagte er. "Weißt du, Arkascha, was mir einfällt? Ich werde doch noch fertig werden! Ich habe das Tempo beschleunigt! Noch länger aufbleiben kann ich nicht. Wecke mich, bitte, um acht."

Er kam nicht weiter und schlief sofort ein.

"Mawra!" sagte Arkadij Iwanowitsch ganz leise zu Mawra, die eben den Tee hereinbrachte. "Er will um acht Uhr geweckt werden. Das darf um keinen Preis geschehen! Er soll meinetwegen zehn Stunden schlafen, verstehst du?"

"Ich verstehe, Väterchen, ich verstehe, Herr!"

"Mittagessen brauchst du nicht zu kochen; du sollst dich nicht mit dem Brennholz zu schaffen machen und überhaupt nicht lärmen, – sonst wehe dir! Wenn er nach mir fragt, so sagst du ihm, ich sei in die Kanzlei gegangen. Verstehst du?"

"Ich verstehe, Väterchen. Soll er nur schlafen, soviel er mag, – was gehts mich auch an? Ich freue mich, wenn die Herren gut schlafen, und passe auf alles auf, was den Herren gehört. Und was die zerschlagene Tasse betrifft, wegen der mir die Herren neulich Vorwürfe machten, so war das nicht ich, das war die Katze ... Ich hatte auf sie nicht acht gegeben; mach daß du fortkommst, hab ich ihr gesagt, du Mistvieh ..."

"Pssst! Schweig, schweig!"

Arkadij Iwanowitsch geleitete Mawra in die Küche, ließ sich den Schlüssel geben und schloß sie ein. Dann ging er in die Kanzlei. Unterwegs überlegte er sich, wie er vor Julian Mastakowitsch erscheinen sollte, und ob es auch nicht unverschämt von ihm wäre? Als er in die Kanzlei kam, fühlte er sich ziemlich unsicher; er erkundigte sich schüchtern, ob Exzellenz schon anwesend sei. Man sagte ihm, Exzellenz sei nicht da und werde heute überhaupt nicht kommen. Arkadij Iwanowitsch wollte im ersten Augenblick sofort zu ihm in seine Wohnung gehen; doch er sagte sich gleich, daß Julian Mastakowitsch, wenn er zu Hause geblieben sei, offenbar zu Hause zu tun haben müsse ... Er blieb also in der Kanzlei. Die Stunden erschienen ihm wie Ewigkeiten. Er versuchte, unter der Hand etwas von der Arbeit zu erfahren, mit der Julian Mastakowitsch Wassja betraut hatte. Niemand konnte ihm aber darüber etwas sagen. Man wußte nur, daß Julian Mastakowitsch Wassja mit besondern Aufträgen zu betrauen pflegte, doch was es für Aufträge waren, das wußte niemand. Endlich schlug es drei, und Arkadij Iwanowitsch eilte nach Hause. Wie er das Amt verlassen wollte, hielt ihn ein Schreiber an und sagte, daß Wassilij Petrowitsch Schumkow so gegen ein Uhr dagewesen sei und sich erkundigt hätte, "ob Sie da seien, und ob Julian Mastakowitsch dagewesen wäre." Als Arkadij Iwanowitsch das hörte, nahm er eine Droschke und fuhr, ganz außer sich vor Angst, nach Hause.

Schumkow war zu Hause. Er ging in großer Aufregung auf und ab. Als er Arkadij Iwanowitsch erblickte, kam er gleichsam zur Besinnung und gab sich sichtbare Mühe, seine Aufregung zu verbergen. Er setzte sich stumm an den Schreibtisch. Er schien den Fragen seines Freundes ausweichen zu wollen, sie direkt zu fürchten. Er hatte wohl selbst irgendeinen Entschluß gefaßt und zugleich beschlossen, ihn auch vor Arkadij Iwanowitsch geheim zu halten, "da er sich auch auf die Freundschaft nicht mehr verlassen konnte." Das wirkte auf Arkadij beinahe niederschmetternd, und sein Herz krampfte sich vor schwerem, bohrendem Schmerz zusammen. Er setzte sich auf das Bett, nahm irgendein Buch in die Hand, übrigens das einzige, das er besaß, wandte aber keinen Blick von dem armen Wassja. Dieser schwieg hartnäckig und schrieb, ohne vom Papier aufzublicken. So vergingen einige Stunden, und Arkadijs Seelenqualen steigerten sich auf das höchste.

Endlich, gegen elf Uhr, hob Wassja den Kopf und sah Arkadij mit stumpfem, starrem Blicke an. Arkadij wartete. So vergingen einige Minuten. Wassja schwieg. – "Wassja!" rief Arkadij. Wassja gab keine Antwort. – "Wassja!" rief er noch einmal und sprang vom Bette. "Wassja, was ist mit dir? Was hast du?" schrie er auf und lief zu ihm zu. Wassja hob den Kopf und richtete auf ihn wieder den gleichen stumpfen und starren Blick. "Er hat den Starrkrampf!" sagte sich Arkadij, von Grauen gepackt. Er nahm die Wasserkaraffe, hob Wassja etwas vom Stuhle, goß ihm Wasser über den Kopf, benetzte seine Schläfen und rieb seine Hände in den seinigen; und Wassja kam zu sich. – "Wassja! Wassja!" schrie Arkadij. Tränen stürzten aus seinen Augen: er konnte sich nicht mehr beherrschen. "Wassja, richte dich nicht zugrunde! Denke doch nur an ... " Er sprach den Satz nicht zu Ende. Er hielt Wassja fest in seinen Armen. Wassjas Gesicht drückte einen schweren inneren Kampf aus; er rieb sich die Stirne, griff sich an den Kopf, als fürchtete er, daß er ihm zerspringen würde.

"Ich weiß nicht, was mit mir ist!" sagte er schließlich. "Ich glaube, ich habe mich überarbeitet. Gut, gut ... Höre auf, Arkadij, jammere nicht, höre auf!" wiederholte er immer wieder, ihn mit traurigen, müden Augen anblickend. "Was beunruhigst du dich? Höre doch auf!"

"Jetzt willst du mich gar trösten!" rief Arkadij aus, dessen Herz zerriß. – "Wassja," sagte er schließlich, "lege dich hin, versuche etwas einzuschlafen, ja? Quäle dich nicht umsonst! Es ist besser, wenn du dich später wieder an die Arbeit machst!"

"Ja, ja!" sagte Wassja, "Gut! Ich lege mich hin ... Ja, gut ... Siehst du: ich wollte die Arbeit beenden, jetzt habe ich es mir anders überlegt, ja ... "

Und Arkadij schleppte ihn zu Bett.

"Höre, Wassja," sagte er energisch, "mit der Sache muß man doch endlich ein Ende machen! Sage mir, was du beschlossen hast."

"Ach!" erwiderte Wassja. Er winkte schwach mit der Hand und wandte den Kopf auf die andere Seite.

"Mut, Wassja! Entschließe dich! Ich will nicht dein Henker sein, ich kann nicht länger schweigen. Du wirst doch nicht einschlafen, ehe du einen Entschluß gefaßt hast, das weiß ich!"

"Wie du willst! Wie du willst!" wiederholte rätselhaft Wassja.

– Er wird schon nachgeben! – sagte sich Arkadij Iwanowitsch.

"Folge mir, Wassja," sagte er. "Denke daran, was ich dir gesagt habe: morgen werde ich dich retten, morgen wird sich dein Schicksal entscheiden! Was sage ich – Schicksal! Du hast mir solche Angst gemacht, Wassja, daß ich nun auch mit deinen Worten spreche. Schicksal ist Unsinn! Du willst dir die Gewogenheit und meinetwegen auch die Liebe Julian Mastakowitschs erhalten, nicht wahr?! Du wirst sie dir auch erhalten, du wirst sehen ... Ich ..."

Arkadij Iwanowitsch könnte noch lange sprechen, doch Wassja unterbrach ihn. Er setzte sich im Bette etwas auf, umschlang stumm mit beiden Händen Arkadijs Hals und küßte ihn.

"Genug!" sagte er mit schwacher Stimme. "Genug! Genug davon!"

Und er kehrte seinen Kopf wieder zur Wand,

– Mein Gott! – sagte sich Arkadij – Was hat er nur? Er ist ja ganz von Sinnen. Was mag er beschlossen haben? Er wird sich ja zugrunde richten! –

Arkadij sah ihn ganz verzweifelt an.

– Wenn er doch ernsthaft erkranken würde, – dachte sich Arkadij – so wäre das vielleicht besser. Die Krankheit würde alle Sorgen verdrängen, und dann könnte man die ganze Angelegenheit sehr gut ordnen. Doch was für einen Unsinn rede ich? Ach, mein Gott ...

Wassja schien inzwischen eingeschlummert zu sein. Arkadij Iwanowitsch freute sich darüber. – Ein gutes Zeichen! – sagte er sich. Er nahm sich vor, die ganze Nacht bei Wassjas Bette zu wachen. Wassja war aber sehr unruhig. Jeden Augenblick zuckte er zusammen, warf sich im Bette hin und her und schlug immer wieder die Augen auf. Die Müdigkeit nahm schließlich doch überhand, und er schlief scheinbar fest ein. Es war gegen zwei Uhr morgens. Arkadij Iwanowitsch nickte auf seinem Stuhle ein, den Ellenbogen auf den Tisch gestützt.

Sein Schlaf war unruhig, und er hatte einen sonderbaren Traum. Ihm war es, als ob er nicht schliefe, während Wassja noch immer auf dem Bette läge. Doch seltsam! Es schien ihm, daß Wassja sich nur schlafend stellte, daß er ihn hinterginge und mit halbgeöffneten Augen belauerte, und sich schließlich zum Schreibtisch schliche. Ein brennender Schmerz durchzuckte Arkadij Iwanowitsch; es ärgerte ihn und war für ihn unerträglich, daß Wassja ihm mißtraute und sich vor ihm in acht nahm. Er wollte ihn packen, er wollte ihn anschreien und aufs Bett zurückschleppen ... Wassja schrie aber in seinen Armen laut auf, und Arkadij trug nur seine leblose Leiche aufs Bett. Kalter Schweiß trat ihm in die Stirne, und sein Herz klopfte entsetzlich. Er schlug die Augen auf und erwachte. Wassja saß nun wirklich vor dem Tische und schrieb.

Arkadij wollte seinen Augen nicht trauen und sah auf das Bett: Wassja war nicht im Bett! Arkadij, der noch ganz im Banne seines Traumes war, sprang entsetzt auf. Wassja rührte sich nicht. Er schrieb weiter. Nun merkte Arkadij voller Entsetzen, daß Wassja mit trockener Feder über das Papier fuhr, unbeschriebene weiße Seiten umblätterte und sie in größter Hast mit unsichtbaren Zeilen füllte, so geschäftig, als ob seine Arbeit aufs beste vorwärts ginge!

– Nein, das ist kein Starrkrampf! – sagte sich Arkadij Iwanowitsch und erzitterte an allen Gliedern. "Wassja, Wassja! Antworte mir doch!" schrie er auf, ihn an der Schulter packend. Aber Wassja schwieg und schrieb mit der trockenen Feder weiter.

"Endlich habe ich das Tempo beschleunigt!" sagte er, ohne Arkadij anzublicken.

Arkadij packte seine Hände und entriß ihm die Feder.

Ein Stöhnen drang aus Wassjas Brust. Er ließ die Rechte sinken und blickte Arkadij an; dann fuhr er sich mit gequältem Ausdruck über die Stirne, als wollte er sich einer schweren, bleienen Last entledigen, die sein ganzes Wesen bedrückte; schließlich ließ er seinen Kopf leise, gleichsam nachdenklich auf die Brust fallen.

"Wassja! Wassja!" schrie Arkadij Iwanowitsch verzweifelnd, "Wassja!"

Nach einer Minute sah ihn Wassja wieder an. Seine großen, blauen Augen schwammen in Tränen, und sein blasses, sanftes Gesicht drückte unerträgliche Qual aus ... Er flüsterte etwas vor sich hin.

"Was? Was?" rief Arkadij, sich über ihn beugend.

"Womit ... Womit hab ich es verdient?" flüsterte Wassja, "Wofür? Was habe ich getan?"

"Wassja! Was hast du? Was fürchtest du? Was?" schrie Arkadij verzweifelnd und sich die Hände ringend.

"Warum muß ich unter die Soldaten gesteckt werden?" fragte Wassja und blickte seinem Freunde gerade in die Augen. "Wofür? Was habe ich getan?"

Arkadij standen die Haare zu Berge; er traute seinen Sinnen nicht. Er stand vor seinem Freunde ganz vernichtet.

Im nächsten Augenblick kam er zur Besinnung. – Das ist nichts, das geht bald vorüber! – sagte er sich, noch immer bleich, mit blauen, zitternden Lippen. Er begann sich, hastig anzukleiden, um nach einem Arzt zu laufen. Plötzlich rief ihn Wassja beim Namen. Arkadij stürzte zu ihm hin und umarmte ihn, wie eine Mutter, der man ihr Kind entreißen will ...

"Arkadij, Arkadij, sage es niemandem! Hörst du? Es ist mein Unglück, und ich will es allein tragen ..." "Was sagst du? Was sagst du? Wassja, besinne dich doch!"

Wassja seufzte tief auf, und Tränen liefen ihm über die Wangen.

"Warum soll man sie umbringen? Was hat denn sie verbrochen?" keuchte Wassja herzzerreißend. "Es ist meine Sünde, meine Sünde!"

Er schwieg eine Weile.

"Lebe wohl, Geliebte! Lebe wohl, mein Schatz!" flüsterte er, und bewegte seinen armen Kopf hin und her ... Arkadij fuhr auf, nahm sich zusammen und wollte wieder zum Arzt ... "Gehen wir! Es ist Zeit!" schrie Wassja auf, der diese Bewegung Arkadijs mißverstand. "Gehen wir, Freund, gehen wir, ich bin bereit ... Begleite mich!" Er verstummte und warf Arkadij einen fast leblosen, tief unglücklichen und mißtrauischen Blick zu.

"Wassja! Um Gottes willen! Bleibe hier! Erwarte mich hier, ich komme bald zurück! Ich komme sofort zu dir zurück," sagte Arkadij, der selbst den Kopf verloren hatte. Er griff nach seiner Mütze, um zum Arzt zu laufen. Wassja setzte sich plötzlich auf. Er schien still und folgsam, doch in seinen Augen brannte eine verzweifelte Entschlossenheit. Arkadij kehrte noch einmal um, nahm vom Tisch ein offenes Federmesser weg, warf noch einen Blick auf den Ärmsten und lief hinaus.

Es war nach sieben Uhr morgens. Das Tageslicht hatte bereits die Dämmerung im Zimmer verscheucht.

Arkadij konnte keinen Arzt finden. Er lief schon eine ganze Stunde herum. Er befragte jeden Hausknecht, der vor einem Haustore stand, ob in dem Hause nicht ein Arzt wohne. Doch alle Ärzte, deren Adressen er auf diese Weise erfuhr, waren schon ausgefahren: entweder, um ihre Kranken zu besuchen, oder in privaten Angelegenheiten. Endlich fand er einen, der gerade Sprechstunde hatte. Dieser fragte seinen Diener, der ihm den Beamten Nefedewitsch meldete, lange und umständlich aus: von wem er geschickt sei, und wer der Herr sei, und was er wolle und sogar wie er aussehe, – und sagte schließlich, daß er unmöglich hinfahren könne, weil er ohnehin viel zu tun habe, und daß man einen Kranken dieser Art in ein Spital bringen müsse.

Arkadij, der einen solchen Mißerfolg nicht erwartet hatte und ganz verzweifelt und erschüttert war, gab alles auf, verzichtete auf alle Ärzte, die es nur in der Welt gab, und begab sich eilig nach Hause, in höchster Angst um Wassja. Er rannte die Treppe hinauf und kam in die Wohnung. Mawra kehrte den Fußboden, als ob nichts geschehen wäre, und spaltete Holz, um den Ofen einzuheizen. Er stürzte ins Zimmer: Wassja war fort.

– Wohin? Wohin mag er weggelaufen sein, der Unglückliche? – fragte sich Arkadij, vor Schreck erstarrend. Er begann Mawra auszufragen. Diese wußte von nichts und hatte nicht einmal gehört, wie Wassja weggegangen war. – "Gott sei ihm gnädig!" Nefedewitsch lief nach der Kolomna-Vorstadt.

Es fiel ihm, Gott weiß warum, ein, daß Wassja dort sein müsse.

Es war schon gegen zehn Uhr, als er zu den Artemjews kam. Man hatte ihn nicht erwartet und wußte von nichts. Er stand vor ihnen erschrocken und erschüttert und fragte: Wo ist Wassja? Die alte Mutter fiel vor Entsetzen auf das Sofa hin. Lisa, die am ganzen Leibe zitterte, begann ihn auszufragen, was eigentlich geschehen sei. Was konnte er ihr sagen? Arkadij Iwanowitsch fertigte sie so schnell als möglich ab, indem er irgendeine Fabel auftischte, an die natürlich niemand glaubte; er lief fort und ließ beide Frauen erschüttert und außer sich vor Angst zurück. Er eilte in seine Kanzlei, um den Beginn der

Amtsstunden nicht zu versäumen und den Vorfall mit Wassja zu melden, damit man unverzüglich Maßregeln ergreife. Unterwegs fiel ihm aber ein, daß Wassja bei Julian Mastakowitsch sein könne. Das war wohl das Wahrscheinlichste! Arkadij hatte noch vor seinem Besuch bei den Artemjews an diese Möglichkeit gedacht. Als er am Hause seiner Exzellenz vorbeifuhr, wollte er die Droschke anhalten lassen, überlegte sich aber die Sache, und befahl dem Kutscher, weiterzufahren. Er beschloß, sich vorher in der Kanzlei zu erkundigen, ob dort irgend etwas Besonderes vorgefallen sei, und dann erst zu Julian Mastakowitsch zu gehen, um über Wassja Bericht zu erstatten. Jemand mußte doch den Bericht erstatten!

Schon im Vorzimmer umringten ihn seine jüngeren Kollegen, die fast alle im gleichen Rang mit ihm standen, und begannen ihn wie ein Mann auszufragen, was mit Wassja geschehen sei? Und alle berichteten einstimmig, daß Wassja verrückt geworden sei und sich eingebildet hätte, man wolle ihn für eine Nachlässigkeit im Dienste unter die Soldaten stecken. Arkadij Iwanowitsch beantwortete alle Fragen, die ihm gestellt wurden, oder richtiger, antwortete niemandem etwas Bestimmtes und eilte in die inneren Gemächer des Dienstgebäudes. Unterwegs erfuhr er, daß Wassja sich im Arbeitszimmer Julian Mastakowitschs befinde und daß alle Beamten mit Esper Iwanowitsch an der Spitze sich ebenfalls dorthin begeben hätten. Er blieb stehen. Einer der Vorgesetzten fragte ihn, wohin er wolle und was er wünsche? Ohne den Vorgesetzten zu erkennen, sagte er ihm irgend etwas über Wassja und lief geradewegs zum Arbeitszimmer, aus dem die Stimme Julian Mastakowitschs drang. Dicht vor der Türe fragte ihn jemand: "Wo wollen Sie hin?" Arkadij Iwanowitsch wurde verlegen und wollte schon umkehren, als er plötzlich durch die halbgeöffnete Türe den armen Wassja erblickte. Er drängte sich in das Zimmer hinein.

Julian Mastakowitsch schien in großer Aufregung zu sein, und deshalb herrschte im Zimmer allgemeine Verwirrung. Um Julian Mastakowitsch scharten sich alle höheren Beamten; sie besprachen den Fall, konnten aber zu keinem Ergebnis kommen. In einiger Entfernung stand Wassja. Als Arkadij ihn erblickte, krampfte sich sein Herz zusammen. Wassja stand ganz bleich da, mit erhobenem Kopf, in militärischer Haltung, die Hände an der Hosennaht, wie ein Rekrut vor seinem neuen Vorgesetzten. Er blickte Julian

Mastakowitsch gerade in die Augen. Arkadij Iwanowitsch wurde sofort bemerkt, und jemand meldete seiner Exzellenz, daß er Zimmergenosse Wassjas sei. Arkadij mußte vortreten. Er wollte die Fragen, die man ihm vorlegte, beantworten, doch als er Julian Mastakowitsch anblickte und in seinem Gesicht den Ausdruck aufrichtigen Mitleids sah, erzitterte er am ganzen Körper und begann wie ein Kind zu schluchzen. Er tat noch mehr: er ergriff die Hand des Vorgesetzten, drückte sie an seine Augen und benetzte sie mit Tränen, so daß Julian Mastakowitsch genötigt war, die Hand zurückzuziehen, mit ihr durch die Luft zu fahren und zu sagen: "Genug, mein Bester, genug! Ich sehe, daß du ein gutes Herz hast." Arkadij schluchzte weiter und warf allen Anwesenden flehende Blicke zu. Es war ihm, als ob sie sich alle als Brüder seines unglücklichen Wassja fühlten, sich in Gram um ihn verzehrten und ihn beweinten. "Wie ist denn das geschehen?" fragte Julian Mastakowitsch: "Wieso hat er den Verstand verloren?"

"Aus Dank – dankbarkeit!" brachte Arkadij Iwanowitsch stotternd hervor.

Alle waren erstaunt, als sie diese Antwort hörten, und es erschien ihnen sonderbar und unwahrscheinlich, daß ein Mensch aus Dankbarkeit den Verstand verlieren könne. Arkadij erklärte so gut er konnte den Sachverhalt.

"Mein Gott, wie schade!" sagte schließlich Julian Mastakowitsch, "und dabei war die Arbeit, mit der ich ihn betraut habe, weder besonders wichtig noch dringend. So ist der Mensch wegen nichts zugrunde gegangen! Nun, man muß ihn ins Irrenhaus schaffen! ..." Jetzt wandte sich Julian Mastakowitsch wieder an Arkadij und begann ihn von neuem auszufragen. "Er bittet," sagte er auf Wassja zeigend, "daß man irgendeinem jungen Mädchen nichts davon erzähle ... Ist es seine Braut?"

Arkadij erklärte ihm alles. Wassja schien angestrengt über etwas nachzudenken, oder sich auf eine sehr wichtige Sache besinnen zu wollen, die ihm in diesem Augenblick nützlich sein könnte. Zuweilen ließ er seinen gequälten Blick in der Runde schweifen, als erwartete er, daß ihn irgend jemand an das Vergessene erinnern würde. Dann heftete er seinen Blick auf Arkadij. Endlich schimmerte in seinen Augen etwas wie Hoffnung auf; mit dem linken Fuß vortretend, machte er drei Schritte auf Julian Mastakowitsch zu, so militärisch stramm, wie er es nur konnte und schlug, stehen bleibend, die Hacken zusammen, wie es die Soldaten tun, wenn sie auf einen Offizier zugehen, der sie angerufen hat. Alle erwarteten gespannt, was jetzt kommen würde.

"Ich habe ein körperliches Gebrechen, Exzellenz, ich bin klein gewachsen und schwach, und tauge nicht zum Militärdienst," sagte er kurz und trocken.

Alle, die im Zimmer waren, alle ohne Ausnahme, hatten in diesem Augenblick das Gefühl, als ob ihnen jemand das Herz zusammenpreßte, und auch Julian Mastakowitsch, der ja sonst durchaus nicht weichherzig war, vergoß einige Tränen. "Führt ihn weg!" sagte er und winkte mit der Hand ab.

"Also tauglich!" sagte Wassja halblaut, machte linksum kehrt und verließ das Zimmer. Alle, die sich für sein Schicksal interessierten, stürzten ihm nach. Arkadij drängte sich mit den übrigen um Wassja, den man, in Erwartung der offiziellen Verfügung und eines Wagens, der ihn ins Spital bringen sollte, im Vorraume auf einen Stuhl gesetzt hatte. Er saß schweigend da und schien in größter Sorge zu sein. Sobald er jemanden erkannte, nickte er ihm, gleichsam Abschied nehmend, zu. Er sah jeden Augenblick nach der Türe und wartete wohl, daß jemand sagte: "Nun ist es Zeit!" Alle standen dicht um ihn gedrängt; alle schüttelten den Kopf, alle jammerten. Viele drückten ihr Erstaunen über die Geschichte aus, die ganz plötzlich allen bekannt geworden war. Die einen besprachen eingehend den Fall, die anderen bemitleideten Wassja und lobten ihn; sie sagten, er sei ein so bescheidener, stiller und vielversprechender junger Mann gewesen; man erzählte sich, wie strebsam und lernbegierig er gewesen sei, wie er nach Bildung und Wissen lechzte. "Mit eigener Kraft hat er sich aus niederem Stande emporgearbeitet!" bemerkte jemand. Man sprach mit Rührung von der Sympathie, die ihm seine Exzellenz entgegenbrachte.

Einige versuchten eine Erklärung dafür zu finden, daß Wassja gerade darauf verfallen war, daß man ihn unter die Soldaten stecken würde, falls er seine Arbeit nicht beendete. Man erzählte sich, daß der Ärmste erst vor kurzem, dank der Verwendung Julian Mastakowitschs, der in ihm Talent, Gehorsam und einen ungewöhnlich sanften Charakter entdeckt hatte, aus dem Kleinbürgerstande, dem er angehörte, in die erste Beamtenklasse eingereiht worden war. Es gab mit einem Worte sehr viele Ansichten und Meinungen. Unter denen, die das Geschehnis besonders erschüttert hatte, machte sich ein auffallend klein gewachsener Kollege Wassja Schumkows bemerkbar. Er war durchaus nicht mehr jung, sondern so in den Dreißigern. Er war kreideblaß, zitterte am ganzen Körper und lächelte sehr sonderbar, vielleicht deswegen, weil jeder Skandal und jeder Unglücksfall den unbeteiligten Zuschauer nicht nur erschreckt, sondern zugleich auch irgendwie erfreut. Er lief immer um den Kreis herum, der sich um Wassja gebildet hatte, stellte sich, da er klein gewachsen war, auf die Zehenspitzen, faßte jeden, der ihm in den Weg kam, am Rockknopf, d. h. nicht jeden, sondern nur diejenigen, bei denen er sich das erlauben durfte, und sagte, daß er ganz genau wisse, wie alles gekommen sei, daß der Fall durchaus nicht so einfach, sondern sehr schwierig sei und daß man ihn nicht als erledigt ansehen dürfe. Dann stellte er sich wieder auf die Zehenspitzen, flüsterte seinem Zuhörer etwas ins Ohr, nickte mit dem Kopf und lief zu seinem nächsten Kollegen. Endlich fand die Szene ihren Abschluß: ein Amtsdiener und ein Heilgehilfe gingen auf Wassja zu und sagten ihm, daß es nun Zeit sei, aufzubrechen. Er sprang in großer Unruhe auf und folgte ihnen, sich immer im Kreise umsehend. Er suchte jemand mit den Augen! "Wassja! Wassja!" rief Arkadij Iwanowitsch schluchzend. Wassja blieb stehen, und Arkadij Iwanowitsch drängte sich zu ihm heran. Sie fielen sich zum letztenmal in die Arme, und umklammerten einander schwer und fest. Es war ein trauriger Anblick. Welch ein phantastisches Schicksal preßte aus ihren Augen diese Tränenfluten! Worüber weinten sie? Wo lag das Unglück? Warum konnten sie einander nicht verstehen?

"Da, nimm es, nimm es! Bewahre es auf!" sagte Schumkow und drückte Arkadij ein Stück Papier in die Hand. "Sonst werden sie es mir noch fortnehmen. Du kannst es mir später bringen, ja bringe es mir später! Verwahre es ..." Wassja kam nicht weiter, denn er wurde gerufen. Er lief schnell die Treppe hinunter und nickte allen zum Abschied zu. Sein Gesicht drückte Verzweiflung aus. Schließlich setzte man ihn in eine Kutsche, und die Kutsche rollte davon. Arkadij öffnete hastig das Papier: es war die schwarze Locke Lisas, die Schumkow bei sich getragen hatte. Heiße Tränen traten Arkadij in die Augen: "Ach, arme Lisa!"

Nach Schluß der Kanzleistunden ging er nach der Kolomna-Vorstadt. Es ist gar nicht zu beschreiben, was dort vorging! Selbst Petja, der kleine Petja, der nicht recht verstehen konnte, was mit dem guten Wassja geschehen war, ging in eine Ecke, bedeckte sein Gesicht mit seinen kleinen Händen und begann aus vollem Kinderherzen zu schluchzen. Es dämmerte bereits, als Arkadij nach Hause ging. Am Newa-Kai blieb er für eine Weile stehen und warf einen durchdringenden Blick den Fluß entlang in die nebelige frostige Ferne, die im letzten Abglanz des Abendrots, das am grauen Horizont erstarb, in blutigem Purpur schwamm. Die Nacht senkte sich über die Stadt, und auf der ganzen weiten, vom hartgefrorenen Schnee angeschwollenen Fläche der Newa funkelten in den letzten Sonnenstrahlen unzählige Myriaden von Eisnadeln. Der Frost erreichte zwanzig Grad. Milchweißer Dampf stieg von den müdegehetzten Pferden und den laufenden Menschen auf. Die eisige Luft erzitterte vom leisesten Geräusch, und wie Riesen erhoben sich von allen Dächern auf beiden Seiten des Stromes Rauchsäulen in den kalten Himmel; sie flochten sich ineinander und lösten sich wieder, so daß über den alten Gebäuden neue entstanden, und sich in der Luft eine neue Stadt türmte...

Es war, als ob diese ganze Welt, mit allen ihren Bewohnern, den Mächtigen und den Geringen, mit allen ihren Behausungen, den Bettlerherbergen und den goldstrotzenden Palästen – der Freude der Mächtigen der Erde, sich in dieser Dämmerstunde in einen phantastischen Märchentraum verwandelte, der jeden Augenblick entschwinden und sich im dunkelblauen Himmel als Rauch auflösen würde. Ein sonderbares Gefühl ergriff den verwaisten Freund des armen Wassja. Er fuhr zusammen, und über sein Herz ergoß sich plötzlich eine heiße Blutwelle, die von einem starken, ihm bis jetzt unbekannten Gefühl aufgepeitscht war. Erst jetzt begriff er den Sinn der ganzen Unruhe, und warum der arme Wassja, der sein Glück nicht tragen konnte, den Verstand verloren hatte. Seine Lippen zitterten, in seinen Augen brannte ein Feuer, er erblaßte, und es war ihm, als ob er jetzt eine neue Erkenntnis gewonnen hätte...

Von nun an wurde er schweigsam und verschlossen und verlor seine ganze frühere Fröhlichkeit. Die alte Wohnung wurde ihm unerträglich, und er zog in eine neue. Zu den Artemjews wollte er nicht mehr gehen; er konnte es einfach nicht. Nach zwei Jahren traf er einmal Lisa in einer Kirche. Sie war verheiratet, und ihr folgte die Amme mit ihrem Kinde. Sie begrüßten einander und vermieden es anfangs, vom Vergangenen zu sprechen. Lisa erzählte, daß sie, Gott sei dank, glücklich sei, daß ihr Mann ein vermögender und auch guter Mensch sei, den sie liebe ... Doch plötzlich, mitten in der Rede, füllten sich ihre Augen mit Tränen, ihre Stimme versagte, sie wandte sich ab und kniete nieder, um ihren Kummer vor den Menschen zu verbergen ...

Christbaum und Hochzeit

Aus den Aufzeichnungen eines Unbekannten

Neulich sah ich eine Hochzeit ... doch nein! Ich will Ihnen lieber von einer Christbaumfeier erzählen. Die Hochzeit war schön; sie gefiel mir sehr, aber die andere Feier war noch schöner. Ich weiß nicht warum, doch als ich die Hochzeit sah, mußte ich an die Christbaumfeier denken. Diese sah ich aber bei folgender Gelegenheit. Vor genau fünf Jahren war ich am Sylvesterabend zu einem Kinderball eingeladen, Der Gastgeber war ein sehr bekannter Geschäftsmann mit viel Verbindungen, Bekanntschaften und Intrigen, so daß der Kinderball wohl mehr ein Vorwand für die Eltern war, zusammenzukommen, um auf eine scheinbar harmlose und zufällige Weise von andern, wichtigeren Dingen zu sprechen. Ich war in die Gesellschaft ganz zufällig hineingeraten, hatte keinerlei Beziehungen zu den interessanten Dingen, die da besprochen wurden, und konnte daher den Abend ganz unabhängig verbringen. Da war noch ein Herr anwesend, wohl auch ein Fremder in der Gesellschaft, der gleich mir ganz zufällig zu dem Familienfeste gekommen war ... Er fiel mir vor allen andern in die Augen.

Es war ein schlanker, hagerer Herr, von sehr solidem Äußern und sehr anständig gekleidet. Offenbar interessierten ihn die Freuden des Festes und das Familienglück sehr wenig; sobald er in eine Ecke ging und sich unbeobachtet glaubte, hörte er sofort zu lächeln auf und zog seine schwarzen dicken Brauen zusammen. Außer den Hausherrn kannte er niemand von der Gesellschaft. Man sah ihm an, daß er sich tödlich langweilte, doch entschlossen war, die Rolle eines heiteren und fröhlichen Gastes bis ans Ende durchzuhalten. Später erfuhr ich, daß dieser Herr aus der Provinz gekommen war, um in der Hauptstadt irgendein sehr wichtiges und schwieriges Geschäft abzuwickeln, daß er einen Empfehlungsbrief an den Gastgeber mitgebracht hatte, daß dieser letztere ihn durchaus nicht con amore protegierte und ihn nur aus Höflichkeit zu seinem Kinderball geladen hatte. Karten spielte man nicht, eine Zigarre wurde ihm nicht angeboten, niemand zog ihn ins Gespräch – vielleicht weil man den Vogel gleich an den Federn erkannt hatte, und so war mein Herr genötigt, um mit seinen Händen nur etwas anzufangen, den ganzen Abend seinen Backenbart zu streicheln. Dieser Backenbart war aber wirklich außergewöhnlich schön. Doch er streichelte ihn so eifrig, daß man bei seinem Anblick entschieden denken mußte, der Backenbart sei zuerst erschaffen worden, und dann erst der Herr, nur um ihn zu streicheln.

Außer dieser Gestalt, die am Familienglück des Hausherrn (dieser hatte übrigens sechs wohlgenährte kleine Söhne) auf die angedeutete Weise teilnahm, erregte noch ein anderer Herr mein Gefallen. Dieser war ganz anders geartet. Er war nämlich eine Persönlichkeit. Man nannte ihn Julian Mastakowitsch. Beim ersten Blick konnte man erkennen, daß er hier Ehrengast war und in denselben Beziehungen zum Hausherrn stand, wie dieser letztere zu dem Herrn mit dem Backenbart. Der Herr und die Dame des Hauses sagten ihm unzählige Komplimente, machten ihm den Hof, schenkten ihm eifrig vom Besten ein und stellten ihm alle anderen Gäste vor; doch ihn selbst stellte man niemandem vor. Ich merkte, wie in die Augen des Hausherrn Freudentränen traten, als dieser Gast meinte, er hätte selten einen Abend so angenehm verbracht wie diesen. Eine solche Persönlichkeit flößt mir immer einige Angst ein, und darum zog ich mich, nachdem ich die Kindergesellschaft genügend bewundert hatte, in einen kleinen Salon zurück, der ganz leer war, und setzte mich in eine Efeulaube, welche fast die Hälfte des Zimmers einnahm.

Die Kinder waren ganz außerordentlich lieb und wollten, trotz aller Ermahnungen der Gouvernanten und Mütter, um keinen Preis den Erwachsenen gleichen. Sie plünderten in einem Augenblick den ganzen Weihnachtsbaum bis zum letzten Bonbon und zerbrachen die Hälfte der Spielsachen noch bevor sie erfahren hatten, für wen jede einzelne bestimmt war. Besonders nett war ein Knabe mit Lockenkopf und schwarzen Augen, der mich einigemal mit seinem hölzernen Gewehr erschießen wollte. Noch mehr fiel aber seine Schwester auf, ein Mädchen von etwa elf Jahren, lieblich wie ein Engel, still und verträumt, blaß, mit großen versonnenen Augen. Die andern Kinder hatten sie irgendwie beleidigt, und darum zog sie sich in den Salon zurück, wo ich saß, und begann in einem Winkel mit ihrer Puppe zu spielen. Die Gäste zeigten mit großem Respekt auf einen reichen Branntweinpächter, der ihr Vater war, und jemand bemerkte im Flüsterton, daß für sie als Mitgift bereits dreimalhunderttausend Rubel zurückgelegt seien. Ich wandte mich um, um mir die Leute anzusehen, die sich für diese Mitteilung besonders interessierten, und mein Blick fiel auf Julian Mastakowitsch, der, die Hände im Rücken und den Kopf etwas zur Seite geneigt, besonders aufmerksam dem Geschwätz der übrigen Herren lauschte. Später mußte ich die Weisheit bewundern, die der Hausherr bei der Verteilung der Geschenke an die Kinder zeigte. Das Mädchen, das bereits dreimalhunderttausend Rubel besaß, bekam eine überaus kostbare Puppe. Dann folgten im absteigenden Werte die übrigen Geschenke, je nach der absteigenden Position der Eltern dieser glücklichen Kinder. Ganz zuletzt kam ein etwa zehnjähriger, kleiner Junge, schwächlich, klein, mit Sommersprossen und rötlichem Haar, der nur einen Band Erzählungen bekam, die alle von der Erhabenheit der Natur, von Tränen der Empfindsamkeit und dergleichen handelten, doch ohne Bilder und sogar ohne Vignetten.

Er war der Sohn der Gouvernante des Hauses, einer armen Witwe und schien sehr scheu und verschüchtert. Er trug ein ärmliches Jäckchen aus Nanking. Nachdem er sein Buch bekommen hatte, ging er lange um die andern Spielsachen herum: er hatte große Lust, mit den andern Kindern zu spielen, wagte es aber nicht; man sah ihm an, daß er seine Stellung im Hause durchaus begriff. Ich liebe es sehr, Kinder zu beobachten. Es ist außerordentlich interessant, wenn sich in ihnen die ersten Regungen eines selbständigen Lebens bemerkbar machen. Ich merkte, daß der rothaarige Junge von den Spielsachen der andern Kinder und besonders vom Puppentheater, in dem er irgendeine Rolle spielen wollte, so mächtig angezogen war, daß er sogar zu einem Kriecher wurde. Er lächelte den andern Kindern zu, machte ihnen den Hof, schenkte einem aufgedunsenen Bengel, der bereits einen ganzen Haufen Näschereien in seinem Taschentuch hatte, seinen Apfel und ließ sich sogar herab, einen andern Bengel Huckepack zu tragen; und alles, nur um am Theater mitspielen zu dürfen! Doch nach einigen Minuten wurde er von einem besonders frechen Jungen ordentlich verprügelt. Der arme Knabe wagte nicht zu weinen. Nun erschien die Gouvernante, seine Mutter, und sagte ihm, daß er die andern Kinder in ihrem Spiele nicht stören solle. Der Knabe ging in denselben Salon, wo schon das Mädchen saß. Sie ließ ihn zu sich heran, und beide Kinder begannen mit großem Eifer, die kostbare Puppe anzukleiden.

Ich saß schon eine halbe Stunde in der Efeulaube und war beim Gespräch des rothaarigen Jungen mit dem hübschen Mädchen, das eine Mitgift von dreimalhunderttausend Rubel besaß, beinahe eingenickt, als plötzlich Julian Mastakowitsch ins Zimmer trat.

Irgendeine Streitigkeit unter den Kindern hatte die Aufmerksamkeit der andern Gäste auf sich gezogen, und er schlich sich unbemerkt aus dem Saal hinaus. Ich hatte bemerkt, wie er kurz vorher mit dem Papa der zukünftigen reichen Braut, mit dem er erst soeben bekannt geworden war, über die Vorzüge irgendeiner Beamtenlaufbahn vor einer andern gesprochen hatte. Nun stand er in Nachdenken versunken da und schien etwas an den Fingern zu rechnen.

"Dreihundert ... dreihundert," flüsterte er. "Elf ... zwölf ... dreizehn ... Bis sechzehn sind noch fünf Jahre! Nehmen wir an vier auf hundert, macht zwölf; fünfmal zwölf macht sechzig; nun auf diese sechzig ... Im ganzen werden es in fünf Jahren vierhundert sein ... Ja! Nicht übel ... Er wird sie aber nicht zu vier auf hundert liegen haben, der Spitzbube. Der wird schon acht oder gar zehn für hundert nehmen. Es werden also wenigstens fünfmalhunderttausend sein, das ist sicher; und der Rest geht dann für die Aussteuer, hm ..."

Er beendigte seine Berechnungen, schneuzte sich und wollte schon das Zimmer wieder verlassen, als er plötzlich das Mädchen bemerkte. Ich saß hinter den Blumentöpfen, und er konnte mich nicht sehen. Er schien mir sehr aufgeregt zu sein: ob es das Resultat seiner Berechnungen war, oder irgend etwas anderes, das auf ihn so wirkte, weiß ich nicht; er rieb sich die Hände und konnte nicht ruhig auf einem Flecke stehen. Mit immer wachsender Erregung warf er einen zweiten, sehr entschlossenen Blick auf die künftige Braut. Er wollte auf sie zugehen, sah sich aber zunächst argwöhnisch um. Und dann näherte er sich auf den Zehenspitzen, wie schuldbewußt dem Kinde. Er lächelte der Kleinen zu, beugte sich über sie und küßte sie auf den Kopf. Das Kind, das den Überfall nicht erwartet hatte, schrie erschrocken auf.

"Was machen Sie hier, liebes Kind?" fragte er flüsternd. Dabei sah er sich im Kreise um und tätschelte zugleich dem Mädchen die Wangen.

"Wir spielen ... "

"So? Mit dem da?" Julian Mastakowitsch schielte auf den Knaben.

"Du solltest doch lieber in den Saal gehen, mein Freund!" sagte er zu ihm.

Der Knabe schwieg und starrte ihn mit weitaufgerissenen Augen an. Julian Mastakowitsch sah sich noch einmal um und beugte sich wieder zur Kleinen. "Haben Sie ein Püppchen da, liebes Kind?" fragte er sie.

"Ja, ein Püppchen," antwortete das Mädchen schüchtern und verzog etwas das Gesicht.

"So, ein Püppchen ... Und wissen Sie, liebes Kind, woraus Ihr Püppchen gemacht ist?"

"Ich weiß nicht ...," antwortete die Kleine kaum hörbar und senkte ihr Köpfchen.

"Aus Läppchen, mein Schatz, – Du solltest doch lieber in den Saal zu deinen Freunden gehen, mein Junge!" sagte Julian Mastakowitsch, mit einem strengen Blick auf den Knaben. Das Mädchen und der Knabe machten unzufriedene Gesichter und faßten sich bei den Händen. Sie wollten sich nicht trennen.

"Und wissen Sie, warum man Ihnen das Püppchen geschenkt hat?" fragte Julian Mastakowitsch weiter, seine Stimme immer mehr und mehr dämpfend.

"Ich weiß nicht."

"Nun, weil Sie die ganze Woche über ein liebes und wohlerzogenes Kind gewesen sind!"

Nun sah sich Julian Mastakowitsch, dessen Aufregung wohl ihren Höhepunkt erreicht hatte, wieder um, dämpfte noch mehr seine Stimme und fragte kaum hörbar und bebend:

"Und werden Sie mich lieben, liebes Kind, wenn ich zu Ihren Eltern zum Besuch komme?"

Bei diesen Worten wollte er das liebe Mädchen wieder küssen, doch der rothaarige Knabe, welcher sah, daß das Mädchen dem Weinen nahe war, faßte sie an den Händen und begann aus Mitgefühl zu heulen. Julian Mastakowitsch wurde nun ernsthaft böse.

"Geh weg! Geh weg von hier!" schrie er den Kleinen an. "Geh in den Saal! Zu deinen Freunden!"

"Nein, ich will nicht! Ich will nicht! Gehen Sie doch weg!" sagte das Mädchen. "Lassen Sie ihn in Ruhe! Lassen Sie ihn!" Sie weinte schon beinahe.

An der Türe ließ sich ein Geräusch vernehmen; Julian Mastakowitsch erschrak und reckte seinen majestätischen Leib. Noch mehr als er erschrak aber der rothaarige Junge: er ließ das Mädchen stehen und schlich sich leise, an der Wand entlang, aus dem Salon ins Eßzimmer. Um jeden Verdacht von sich abzulenken, begab sich Julian Mastakowitsch gleichfalls in das Eßzimmer. Er war rot wie ein Krebs, und als er sich, zufällig in einem Spiegel erblickte, schien er sich vor sich selbst zu schämen. Vielleicht ärgerte er sich über seine eigene Übereilung und Ungeduld. Vielleicht hatte ihn vorher seine Berechnung an den Fingern so sehr begeistert und entzückt, daß er seine ganze Gesetztheit und Würde außer acht ließ und sich wie ein dummer Junge zu handeln entschloß, der den Gegenstand seines Schwärmens im Sturme zu erobern versucht, obwohl dieser Gegenstand erst in mindestens fünf Jahren ein wirklicher Gegenstand werden kann. Ich folgte dem würdigen Herrn ins Eßzimmer, und meinen Augen bot sich ein seltsames Schauspiel. Julian Mastakowitsch, der vor Ärger und Bosheit ganz rot geworden war, suchte den rothaarigen Knaben aus dem Eßzimmer zu verjagen. Doch der Knabe zog sich vor ihm immer weiter und weiter zurück und wußte schließlich nicht, wohin er sich in seiner Angst verkriechen sollte.

"Geh hinaus! Geh hinaus! Was machst du hier, frecher Bengel? Stiehlst wohl Obst vom Tische, was? Du stiehlst Obst? Geh hinaus, rotznasiger Taugenichts! Geh zu deinen Freunden ..."

Der erschreckte Knabe entschloß sich zum äußersten Mittel und rettete sich unter den Tisch. Nun nahm der wütende Verfolger sein langes Battisttuch aus der Tasche und versuchte damit den Knaben, der ganz still und verängstigt unter dem Tische kauerte, herauszupeitschen. Ich muß bemerken, daß Julian Mastakowitsch ziemlich korpulent war: ein sattes, rotbackiges, stämmiges Männchen mit ziemlichen Embonpoint und fetten Schenkeln, rund wie eine Nuß. Er schwitzte und schnaubte entsetzlich und war über und über rot. Allmählich geriet er in Raserei: so groß war sein Zorn und vielleicht auch (wer kann es wissen?) seine Eifersucht. Ich lachte aus vollem Halse auf. Julian Mastakowitsch wandte sich nach mir um und wurde, trotz seiner ganzen majestätischen Würde, furchtbar verlegen. In diesem Augenblick zeigte sich an der entgegengesetzten Türe der Herr des Hauses. Der Knabe kroch unter dem Tische hervor und wischte sich Knie und Ellenbogen ab. Julian Mastakowitsch beeilte sich, sein Taschentuch, das er noch an einem Zipfel in der Hand hielt, an die Nase zu führen, als wollte er sich gerade schneuzen.

Der Hausherr sah uns drei etwas erstaunt an. Doch als ein Mann, der das Leben kennt und es stets von der ernsten Seite nimmt, nützte er sofort die Gelegenheit aus, den Gast ohne viele Zeugen sprechen zu können.

"Das ist der Knabe," sagte er, auf den Rothaarigen zeigend, "für den ich mir vorhin mich bei Ihnen zu verwenden erlaubte ..."

"Ach so!" erwiderte Julian Mastakowitsch, der sich noch nicht ganz erholt hatte.

"Der Sohn der Gouvernante meiner Kinder," fuhr der Hausherr in bittendem Tone fort. "Seine Mutter ist eine arme Frau, die Witwe eines sehr ehrlichen Beamten; und darum, wenn es möglich ist, Julian Mastakowitsch ..."

"Ach, nein, nein!" fiel ihm Julian Mastakowitsch hastig ins Wort. "Nein, Sie müssen mich entschuldigen, Philipp Alexejewitsch, aber es geht wirklich nicht. Ich habe mich erkundigt: es gibt keine einzige Freistelle, und wenn es auch eine gäbe, so warten auf sie bereits zehn andere Kandidaten, die alle mehr Anrecht haben als er ... Es tut mir wirklich sehr leid ..."

"Schade," sagte der Hausherr, "denn er ist ein stilles und bescheidenes Kind ..."

"Ein unerzogener Bengel, wie ich sehe," entgegnete Julian Mastakowitsch, seinen Mund hysterisch verziehend. "Geh weg, Junge! Was stehst du da? Geh doch zu deinen Freunden!" sagte er, sich wieder an den Knaben wendend.

Er konnte sich offenbar nicht mehr beherrschen und schielte mit einem Auge auf mich. Auch ich konnte mich nicht beherrschen und lachte ihm gerade ins Gesicht. Julian Mastakowitsch wandte sich sofort wieder weg und fragte den Hausherrn so demonstrativ, daß ich es merken mußte, wer dieser sonderbare junge Mann sei? Sie begannen beide zu flüstern und verließen das Zimmer. Ich sah noch, wie Julian Mastakowitsch, den Erklärungen des Hausherrn zuhörend, mißtrauisch den Kopf schüttelte.

Als ich genug gelacht hatte, kehrte ich in den Saal zurück. Der große Mann stand, von Vätern und Müttern umgeben, da und sprach mit großer Begeisterung auf eine Dame ein, zu der man ihn eben herangeführt hatte. Die Dame hielt das Mädchen an der Hand, mit dem Julian Mastakowitsch soeben den Auftritt im Salon gehabt hatte. Jetzt erging er sich in begeisterten Lobsprüchen auf die Schönheit, die Talente, Grazie und Wohlerzogenheit des schönen Kindes. Er machte der Mutter ganz offenbar den Hof. Die Mutter hörte ihm zu, vor Entzücken beinahe weinend. Der Mund des Vaters lächelte. Der Hausherr freute sich über die allseitigen Freudenergüsse. Selbst alle Gäste nahmen ihren Anteil daran, und sogar die Kinder mußten ihre Spiele abbrechen, um das Gespräch nicht zu stören. Die ganze Luft war von Ehrfurcht erfüllt. Ich hörte später, wie die bis ins Innerste ihrer Seele gerührte Mutter des interessanten Mädchens Julian Mastakowitsch in gewählten Ausdrücken bat, ihr die besondere Ehre zu erweisen und ihr Haus mit seinem Besuch zu beehren; ich hörte, mit welch echtem Entzücken Julian Mastakowitsch die Einladung annahm, und wie nachher alle Gäste, nachdem sie sich, wie es der Anstand gebot, nach verschiedenen Seiten zerstreut hatten, ein Loblied anstimmten auf den Branntweinpächter, auf seine Gemahlin, auf das Töchterchen und ganz besonders auf Julian Mastakowitsch.

"Ist dieser Herr verheiratet?" fragte ich ziemlich laut einen meiner Bekannten, der Julian Mastakowitsch am nächsten stand.

Julian Mastakowitsch warf mir einen prüfenden, bösen Blick zu.

"Nein!" gab mir mein Bekannter zur Antwort. Er war über meine absichtliche Taktlosigkeit bis in die Tiefe seines Wesens gekränkt.

Neulich ging ich an der x-Kirche vorbei. Die große Menschenansammlung vor dem Kirchenportal fiel mir auf. Alle sprachen von einer Hochzeit. Der Tag war trüb, und da es gerade etwas zu regnen anfing, drängte ich mich mit der Menge in die Kirche hinein. Hier sah ich den Bräutigam. Es war ein kleines, sattes, rundliches Männchen mit ziemlichem Embonpoint und sehr geputzt. Er lief geschäftig hin und her und traf die letzten Vorbereitungen. Bald begann man zu flüstern, daß die Braut soeben angekommen sei. Ich drängte mich vor und erblickte eine wunderbare Schönheit, mit allen Reizen des ersten Lenzes geschmückt. Doch die Schöne war blaß und traurig. Sie blickte zerstreut um sich, und es schien mir sogar, daß ihre Augen von Tränen gerötet seien. Die antike Strenge ihrer Gesichtszüge verlieh ihrer Schönheit etwas Ernstes und Majestätisches. Doch durch diese Strenge und Feierlichkeit, durch diese Traurigkeit hindurch leuchtete noch die ganze Unschuld ihrer frühen Jugend. Aus ihrem ganzen Wesen sprach etwas unsagbar Naives, Weiches, Kindliches, das ohne Worte um Gnade zu flehen schien.

Man sagte, sie sei erst kaum sechzehn Jahr alt. Ich sah mir den Bräutigam noch einmal aufmerksam an und erkannte in ihm Julian Mastakowitsch, den ich seit fünf Jahren nicht gesehen hatte. Dann sah ich wieder auf die Braut ... Mein Gott! Ich bemühte mich, die Kirche so schnell als möglich zu verlassen. Im Publikum sprach man davon, daß die Braut sehr reich sei, daß sie eine

Mitgift von fünfmalhunderttausend Rubeln in bar besitze ... und dazu noch eine Aussteuer im Werte von so und so viel ...

"Die Rechnung hat also gestimmt!" sagte ich mir, auf die Straße tretend.